讓愛
養
妳教官
不是
太超過了？

amaetekuru
toshiuekyokanni
yashinattemoraunoha
yarisugidesuka?

1

神里大和
插畫：小林ちさと
Kamizato Yamato
Kobayashi Chisato

Kadokawa Fantastic Novels

彩頁、內文插畫／小林ちさと

【目錄】

序章　即使失去生命也不後悔

有如被強風吹跑的紙屑沿著地面飛滾，與地面擦撞至遍體鱗傷之後，我的身體終於因失去了衝擊力的慣性而停了下來。

「──呃……」

眼前景物模糊，身體灼傷般疼痛。

在澄澈的藍天之下，我的意識逐漸模糊。

「小……提……？」

呆愣的呼喚聲傳來。

下個瞬間，彷彿這下才理解剛才發生的狀況，那聲音再度響起──

「──小提……！」

那呼喚聲幾乎無異於慘叫。一名女性向倒在地上的我跑來。她的神情驚慌失措，馬上在我身旁蹲下──

「為什麼……為什麼要捨身保護我……」

感覺到血液流失。我明白身體背後已經被剮去了一大塊。

灼傷般的痛楚就是從該處湧現，朝我的全身上下奔馳。

「——為什麼要這樣逞強……？」

凝視著我的眼眸中盛滿了焦急與淚水。

那是個有著一頭醒目紅髮的絕世佳人。

是這條防衛戰線的現場指揮官。

同時也是我訓練生時代前教官的她好像忘了此處是戰場，注意力全集中在我身上。

「……現在……不是管我的……時候了吧……？」

——我擠出這句話。

這裡是戰場，是與惡魔的戰地。下級與中級惡魔四處飛竄，為了擊退惡魔，葬擊士使出的攻擊也四處飛竄。在這片混亂之中，自稱極星一三將軍的最上級惡魔之一——阿迦里亞瑞普特就存在於眼前的敵陣中。

極星一三將軍等級的惡魔鮮少現身於前線。因此身為最強戰力的其中一人，我率先突擊讓那傢伙負傷。接下來只剩擊殺退回敵陣中的阿迦里亞瑞普特。這個戰場已經來到這個階段。數量也是我方占優勢，只要穩紮穩打就能獲勝。

在這樣的情況下，我察覺了。

遠距離魔法攻擊瞄準了我方的現場指揮官——米亞・塞繆爾。

那是退回自軍陣中的阿迦里亞瑞普特所發動的，有如垂死掙扎的一擊。

米亞教官本身也是最強戰力的其中一人，因此她來到前線——由於專注於排除其他惡魔，她沒有注意到直衝向她的魔法攻擊。

所以我倉皇地折返——結果就是這副德行。

「為什麼要掩護我……」

米亞教官眼眶噙著淚水，再度呢喃。

理由當然就只有一個。我只是對妳……

「別管了……不要理我，快點收拾掉阿迦里亞瑞普特……」

妳身為現場指揮官，怎麼可以像這樣拉低士氣？

既然身為榮耀的葬擊士，唯一該專注的就是殲滅惡魔。

不曉得我這樣的想法是否傳達給她，米亞教官揉著眼，對我點頭。

「……我明白了——但是，我不會讓你死。」

她攔住了在附近匆忙來去的醫護士，將我託付給那傢伙。

「小提……賭上你保護的這條性命，我一定會領導這次戰鬥走向勝利。所以你也要加油，保持意識清醒不要昏過去。明白了嗎？」

「……我儘量。」

「不只是儘量，一定要做到。知道嗎？」

米亞教官語氣強硬地如此說完，俐落轉身走向敵陣。

光是這樣看著在後腦杓束起的紅髮，心中便湧現一股可靠的感受。她手中的槍劍正是她的代名詞，展現符合她的別名《赤蜂》的犀利，有如突刺般攻破敵陣，領導前線步步進逼。

大概是切換了意識，進入了集中狀態，她接下來再也沒有一絲鬆懈。同時也激起旁人的士氣，將戰鬥帶進米亞教官的節奏。只要和這個人並肩作戰，我也能有所活躍——米亞教官有一股令人這麼想的氣氛，旁人非常信賴著她，她也因此被選為指揮官。看這樣的情勢，她肯定能打倒阿迦里亞瑞普特，讓這次的戰事以勝利收場吧。

話說回來……要維持意識清醒是這麼痛苦的事嗎？

漸漸地，連痛覺都離我遠去，睡意沉重，各方面都迎來終結的徵兆。

「…………」

不好意思，米亞教官，請讓我稍微睡一下。

如果之後我再也沒醒來，到時就抱歉了。

第一章　沒有放棄這個選項

年幼時代的我出現在眼前。

這種事情不可能發生在現實中，因此這一定是夢境或幻覺吧。

又或者是死前的跑馬燈？

不管是那種都好，那個年幼的我正受人欺凌。

不要用那雙紅眼睛看著我！路上行人隔著一段距離如此唾棄道。

在狹窄的道路上，行人為了避開我而自動往兩旁讓開。

歧視——……遙遠的記憶……——令人生厭的過去。

為了打破那狀況，我——

「——我不能夠……停在原地……」

「小提……？」

意識恢復時，環繞著幼小的我的那幅風景已經不知消失至何處，白色天花板映在眼前。藥劑氣味飄盪四周。我躺在鋪著潔淨白床單的床鋪上，一名女性提心吊膽地低頭凝視著我的臉。

「——小提……你醒了嗎？」

「教……官……？」

站在床畔的是將一頭紅髮在後腦處束起的一名大姊姊。

身穿胸口處大方敞開的上衣，以及開衩的緊身迷你裙。

明亮雙眼泛著溼潤水光，但臉上浮現了放心似的平靜笑容。這位女性毋庸置疑就是我在訓練生時代的前教官——米亞．塞繆爾。

「這裡是……？」

「聖薩利卡紀念醫院。」

帝都的……醫院……？對了……我替教官擋下那一擊，然後……

「……請問我大概睡了多久？」

「一星期。」

「整整一星期……？那傢伙……阿迦里亞瑞普特怎麼了？」

「小提救了我之後，我就解決掉了。戰事的善後處理也已經結束，所以我才能像這樣待在這裡。小提能恢復意識……真是太好了。」

看著我的那雙眼睛漸漸地歪曲變形，眼淚止不住地滿溢而出——

「真的是太好了……」

她再次呢喃，擦拭眼角。

然而教官的淚水仍無停止的跡象。

在那淚水中除了因為我清醒而欣喜之外，似乎還參雜了其他情感。

不知為何，教官的神情非常悲傷。

「……怎麼了嗎？」

「對不起……雖然區區的口頭道歉，實在無法補償……」

她輕聲對我道歉。

無法補償是什麼意思？

既然我還活著，應該沒這回事吧……

況且我根本不需要她補償我什麼。

我不希望米亞教官為那種事情介意。

能保護妳，我很滿足。

況且我這身傷不是因為妳的錯，完全是我自己自作自受。

「啊，對了……我去叫醫生來。要讓醫生知道你醒了……」

教官有些尷尬似的，像是要逃離我般走出了病房。

到頭來，我還是搞不懂那句沉痛致歉的意義，只能默默地等待。

身體感覺有些沉重。

只是去叫個醫生未免也太慢了吧？在我冒出這想法時，病房房門傳來敲門聲。到了這時我才發現，這是間滿豪華的個人病房。大概是葬擊士協會為我安排的吧。

「請進。」

我回應敲門聲，門隨之開啟。兩名男性走了進來。其中一人是身穿白袍的男性，大概是我的主治醫師。另一人則是葬擊士協會的帝都統括理事。

最後米亞教官也走進病房。視線一與我對上，馬上就向一旁挪開。

「聽聞你恢復意識的好消息，我連忙趕來探視。享譽盛名的《七翼》中的怪童——提爾·弗德奧特，首先，你的性命平安無虞令我大感欣喜。」

理事緩緩走來。我想撐起上半身時，理事用手勢制止我。

「你繼續躺著沒關係。你可是身經數百戰役、討伐數千惡魔的年輕英雄，可不能讓你太勉強自己。」

「非常感謝您的體恤。」

我們如此對話的同時，主治醫師對我的身體進行簡單的觸診。理事的態度顯得有些戰戰兢兢。不知道那是出自對我的敬意，又或者只是單純畏懼我的特性。

總而言之，理事繼續說道：

「身體狀況如何？雖然可以想見狀況不太好。」

「不會，我想應該恢復得比常人要好。我是《禁忌之子》，恢復力特別高。」

繼承了不知哪個惡魔的一半血脈而誕生的存在──那就是所謂的禁忌之子。

每位禁忌之子都擁有非凡的身體能力與超越人類極限的恢復力，以及赤紅的眼眸。

所以和常人不同，一切都不同。

「原來如此，雖然想信任你的恢復力……但目前的狀況令人有些遺憾。」

理事如此說道。主治醫師一結束觸診就要離開病房。教官為他開門，行禮並且目送主治醫師離去。

「結果令人遺憾……請問是什麼意思？難道我有什麼後遺症……？」

「直截了當地說，你已經無法戰鬥。」

──全身寒毛直豎。這個人到底在說些什麼──雖然心裡這麼想著，但同時卻隱隱約約明白了他的意思。儘管如此，我還是不願意去理解。

已經……無法戰鬥？

出乎預料的打擊，讓身體一動也不動。

在這寂靜之中，嗚咽聲在房內迴盪。那大概是教官的……

──對不起……雖然區區的口頭道歉，實在不夠補償……

霎那間，教官方才的道歉有如幻聽般響起。

僵硬的瞬間過去，我抬起臉。哭泣的人如我所料是教官，光是看見那痛苦萬分的表情，那沉重的事實也跟著落入我的心底。

我終於——明白了她致歉的意義。

對於我再也無法戰鬥這件事，教官大概覺得自己有責任吧。

如果是這樣……就是我害妳背負起那樣沉重的負擔吧……

「你在這次戰鬥中，掩護她——米亞．塞繆爾而遭到阿迦里亞瑞普特的《魔法》擊中，令背部嚴重損傷。對常人而言是必死無疑的重傷，你能活下來都是多虧禁忌之子的恢復力吧。但是——」

理事拍打了自己的背兩下，接著說：

「儘管擁有那般的恢復力，不對，這次的情況似乎是因為恢復力太強而造成了反效果。支離破碎的背部神經在癒合時似乎連結錯誤。醫生判斷這將使得你再也無法像過去那樣戰鬥。同時憂慮狀況更加惡化，也無法下定決心開刀。」

說到這裡，理事看向依然哭泣著的教官。

「如果難受，妳可以先離開。」

「不……我有義務，必須守候他的未來……」

出自責任感的這句話刺進我的胸口。她理應沒有這種義務。一切都是我的問題，教官沒必要承擔任何責任。

我不可能真的已經無法戰鬥，畢竟手腳都還能正常動作。

「理事，我還能……戰鬥。」

「不可以逞強。你身上的肌力已經消失，體力也不夠充足。」

「可是……我必須戰鬥，殲滅惡魔才行……」

「理由我明白。只因為繼承了惡魔血脈這樣的理由，禁忌之子在社會上有時會遭受不當的歧視。因此你想要殲滅惡魔，抹消禁忌之子遭受鄙視的原因。」

「既然您明白的話，請您體諒。我還能——」

「我再重複一次，不要逞強。你該退休了。這也是個好機會吧？你從年幼時期就立下無數功勞。希望你出院後尋找新的人生道路。」

「我——」

「就引退的時期而言……」理事眼神堅定地望向我。「現在正是最美麗的結局吧？以有史以來最年少的紀錄登上葬擊士的最高位階《七翼》，有如鬼神般長年來屠戮惡魔的怪童——提爾．弗德奧特。這樣的男人最後為了掩護美女現場指揮官而負傷引退，就一齣英雄傳奇而言，可說是很合適的尾聲吧？」

「可是……我……還能……！」

我掙扎般抓緊了床單。握力遠遠不如過去。

理事像是要安撫我般說道：

「提爾．弗德奧特，我們將在葬擊士協會為你準備特別名譽職務的位子。只要你願意，你也可以把這當作出院後的未來出路。我們不能草率對待勞苦功高的你，也不願意這麼做。」

「可是我……」

「除此之外，我們也決定不會撤銷至高榮耀的《七翼》證照。一般來說沒有這種待遇，但是你的證照我們將視為終生有效。」

「既然終生有效……我就能繼續自稱葬擊士。照理來說我能將復職視作目標才對。」

「你真的那麼想重回第一線？」

理事有些傻眼地說道。

「有可能會晚節不保喔？」

「只要是為了殲滅惡魔，我不在乎名聲。」

「真是難伺候的男人。你想要復職，同時也是為了她——米亞吧？」

「這是當然。」

雖然是我自己跳出來擋下那一擊，但教官肯定覺得是她毀了我吧。因此她的道歉才會那麼沉痛，而且現在仍啜泣不已。

而且這是我對她施加的重擔。

既然如此，我必須親手為她除去這份負擔才行。

「這樣啊……雖然剛才我苦口婆心說了那麼多，但是你要把目標放在何處，我沒有任何權力能阻止。你的戰功顯赫，我也不能干擾你的去向。簡單說，最後的結論是希望你按照你所想做的去做。而我也認為這樣最好。」

「這樣啊……非常謝謝您。」

「唔嗯，大步前進吧，年輕人。那麼我就不打擾了。這陣子你就好好休養吧。此外，建議你和米亞好好談過。」

理事如此說完便走出病房，而我只是注視著教官。

教官泛淚的眼眸也凝視著我。

我們對彼此都有話想說，正在等候時機——

——教官搶先開了口。

「對不起……是我害小提的身體……」

「請不要道歉。」

我驅使身體下了床。清醒之後第一次挪動自己的身體，只覺得重心稍微不穩，步行倒是沒什麼問題。

「小提，不可以……你還要靜養才行……」

「沒事的。這先不管，我才該對教官道歉。」

我當時還不懂。

不懂自我犧牲的結果，會讓對方背負多麼沉重的負擔。

「我會變成這樣，是我自己的責任。教官沒有錯，我也不怨恨教官。我反而覺得能保護教官是我的榮幸。」

「但是……是因為我的疏忽，小提才會挺身保護我。如果我戰鬥時更加謹慎，也許小提就不需要犧牲自己了。沒錯吧？」

「也許是這樣沒錯。但是到頭來，選擇保護教官是出於我的意志。我同時也有不理會教官的選項，但是我作好了覺悟選擇保護教官。」

「小提……真是太傻了。」

將淚水拭去後，教官的手掌溫柔地將我推回床舖上。

「為什麼……要挺身保護我？我這種人，你別理我也沒關係啊……為什麼……？」

「教官是我心目中重要的人，這個動機不行嗎？」

我對教官有份景仰，同時心懷好感。

理由很單純，因為教官願意聲援我的夢想。

我的夢想是殲滅惡魔。但是要殲滅數量眾多的惡魔有如痴人說夢，就像是說「總有一天要獨力飛上天空」。換言之可說是絕對不可能達成的目標，因此過去時常被人嘲笑。

但是眾人之中，唯獨教官的反應不同。

『哦？是這樣啊。我也懷著同樣的目標在努力，將來一起行動吧？』

六年前——在我進入帝都的葬擊士訓練所，米亞教官成為我的責任教官時，她這麼對我說。我震驚不已。參與實戰的現役葬擊士格外理解惡魔的暴虐，照理來說這種人應該會傾向於批評我的目標。但是教官沒有這麼做。

所以我很快就傾心於她了——就是這麼單純的理由。

「我是小提心目中重要的人？真糟糕的玩笑。」

我躺回病床後，教官將毛毯蓋在我身上，她自己則坐到椅子上。

「小提真是沒眼光。尊敬這種老女人，還不惜掩護我，結果變成這副德行……你到底在想些什麼？應該要更珍惜自己才對吧？」

聽起來冷漠，話語中卻透著對我的關懷。

「雖然你剛才說要為了我重回葬擊士的戰場，那同樣不應該。小提完全沒必要在乎我，只要好好休養就好了，知道嗎？殲滅惡魔的目標，我也會代替你達成，剩下的事可以託付給我嗎？我也知道我說的話很自私。但是我不希望小提再繼續勉強自己了。」

「這份體貼我銘感五內。不過……如果我拒絕的話？」

「就算把你五花大綁，也要讓你待在安全區。」

米亞教官的眼神看起來滿認真的。

「因為我能辦到的贖罪就只有這樣了……為了讓小提不再捨身犯險，為了讓小提不再逞強，我會竭盡全力守著你。」

「我不要這樣的贖罪。」

「我也不要小提為我犧牲，你卻自作主張了，所以你沒資格說這種話。」

「這……」

我無法反駁。

「總而言之，這陣子先好好靜養。知道嗎？」

教官自椅子站起身。

「……要回去了？」

「我去市場一趟。幫恢復意識的小提買一些水果來。」

教官一說完，就從擺在房間角落的手提包中取出錢包。那個手提包大到看起來應該裝著許多其他物品。剛才稍微瞄到的是……替換衣物？

教官該不會甚至住在醫院裡，一直陪伴在我身旁？

而且還打算以後不惜將工作扔到一旁，繼續陪在我身邊？

為什麼……要為我奉獻這麼多？

恐怕是因為——她覺得自己毀了我而無法甩開心中的自責……

「……我才想對教官說，請不要勉強自己哩。」

我如此呢喃時，教官早已經離開病房，我的聲音沒有傳達到。

「既然這樣，我也要稍微逞強一下喔。」

就當成是復健的一部分，我決定在醫院裡散步。就算她要我靜養，我還是沒辦法停駐原地。為了取回過去的自己。

「——啊！提爾！聽說你醒了，原來是真的！」

我當成在醫院內散步而在中庭邁開步伐的瞬間，活潑的話聲拍打著耳畔。

轉身一看，嬌小的友人正跑向我。大概是剛出完任務吧，身高整整比我矮了一個頭的那傢伙，現在身穿葬擊士的女用制服，長度勉強及肩的金髮隨步伐搖曳，最後在我身邊停下腳步。那雙紅眼睛仰望著我，露出快活的笑容。但在下一個瞬間，那雙眼眸頓時泛起淚光。

「太好了……還會動。」

「讓妳擔心了。」

「就是說嘛～！……嗚嗚……聽說你被醫護士扛走的時候，我真的擔心死了！」

嬌小的少女——夏洛涅如此說道，也不顧旁人眼光，將臉龐壓向我的胸口。那句擔心應該完全是發自內心的真心話吧。

夏洛涅和我一樣是禁忌之子，彼此身分相近而成為攜手合作的夥伴。雖然她比我小三歲，目前才十四歲，但是個能幹的女孩，而且確實是個可以信賴的傢伙。

「夏洛涅呢？在那次戰事有受傷嗎？」

「我……我沒事。」

夏洛涅放開了我，猛吸鼻子。

「多虧提爾削弱了阿迦里亞瑞普特的力量，之後的掃蕩戰很輕鬆就結束了。再加上米亞姊那時候整個人認真起來。」

「原來如此。」

「話說回來……米亞姊有來嗎？」

「現在去買東西了，剛才還在。正確地說……她自從戰事善後結束後，好像就一直住在醫院。」

「是喔……我想也是。因為米亞姊肯定是最擔心你的人吧。」

夏洛涅一面擦著眼角一面說。

「吶，提亞……有件事我想問一下……」

「幹麼？」

「那個……我聽說提亞沒辦法再參戰了……那是騙人的吧？」

「……………」

「回答我嘛……那不是真的吧？」

「那是……」

「告訴我那不是真的嘛！」

短暫片刻，我不知該如何回答，但我立刻告訴她事實。

「不好意思，那不是假的。但是我會努力讓它變成假的。我是這樣打算的。」

「——怎麼會……！」

我清楚看見淚水再度逐漸盈滿夏洛涅的紅眸之中。

「……為什麼把自己搞成這樣……你太笨了吧……」

「妳要這樣講，我也沒辦法……」

「——笨蛋！大笨蛋！要更珍惜自己啊！真是的！」

見不顧旁人目光的淚水再度流下，心中萌生謝意。

對著為我而哭泣的夏洛涅，我伸手拍了拍她的頭，告訴她。

「別哭了，夏洛涅。」

「明明是……是你害我哭的……！」

「我知道啊，所以讓妳停止哭泣也是我的職責吧。我唯一能給妳的好消息是，我還沒有放棄。」

「……也就是你想重回戰場？」

「就是這樣。明明還沒有殲滅惡魔，我當然不能退隱山林吧？而且還得消除教官的內疚才行。」

「你真的……沒有放棄？」

「真的。所以妳別哭了，夏洛涅。會有損能幹小媽媽的名號喔。」

我這麼說完，夏洛涅有些害臊地擦拭眼角。

「我……我才沒有那種名號……」

「在孤兒院的貢獻完全就是那種感覺吧？話說孩子們都還好嗎？」

「嗯……都很好。不過大家都很擔心提爾。」

「之後得去露個面才行。」

在我們對話的時候，我身旁漸漸圍繞了一群人。不知道他們知不知道我的現況，對我投出閃亮視線的小孩子格外醒目。

「提爾你喔……在醫院也很有人氣嘛。」

「我已經不再是最強了耶……這就先不管了，我們還是回到我的病房吧，到那邊才能靜下來好好聊。這樣下去夏洛涅遲早會被孩子們淹沒，從我的視野中消失。」

「我……我贊成換個地方……其實我也覺得有點擠……」

我們一面說著，逃離孩子們的包圍，朝著病房邁開步伐。

有幾個孩子跟了上來，我以握手作為代價，和善地趕走他們。

最後我們回到了病房。推開門走進房內，奇異的情景映入眼簾。

我的床鋪不知為何——不自然地隆起。

「吶，是不是走錯房間了？」

「沒有，就是這間沒錯……」

「沒錯的話，那是什麼？那個絕對是有個人全身蓋著毛毯躺在床上吧……」

狀況就如夏洛涅所陳述，我大致已經猜到毛毯底下藏著什麼。這個時間教官應該還沒回來，況且教官也不會做出這種行徑，既然如此，裡頭只會是那傢伙吧。

「啊～……該不會是那個女跟蹤狂？」

夏洛涅一臉傻眼。浮現在她腦海中的人物毫無疑問與我相同吧。

我和夏洛涅轉頭互看一眼，對彼此點頭之後，靠近床鋪。

「喂，艾爾莎，是妳吧？」

我作為代表如此呼喚後，毛毯便開始蠢動。不久後，在枕邊倏地探出一顆頭，是令人印象深刻的銀色長髮。神情有幾分慵懶的碧藍眼眸發現了我，露出一絲笑意……我就知道是妳。

「……妳這傢伙是什麼時候躲進被窩的？」

「這條毛毯充滿了提爾的味道，我喜歡。」

回答得文不對題的的人物是與我同年紀的葬擊士——艾爾莎・庫吉斯特。雖然我自認和她是交情不錯的朋友，但是理解她腦中想法的日子恐怕永遠不會到來。更正，永遠不來還比較好吧。

「總之妳可以先離開我的病床嗎？」

「那我先穿衣服，等一下。」

「妳幹麼脫衣服啦！！」

夏洛涅厲聲責問，但我覺得吐槽就輸了。

看來艾爾莎依舊極為變態，不過這同時也讓我有些安心。因為保護教官而負傷，被醫生宣告很可能無法重回戰線，還讓教官背負了不必要的自責，在這樣的情境中，她的傻里傻氣發揮了為我驅除陰鬱的功效。

在我這麼想著時，艾爾莎離開了床鋪。她身穿葬擊士制服，搭配藍圍巾與黑絲襪。亮麗的銀髮長度直達背部的一半，身材雖然不若夏洛涅嬌小，但也並非發育得肉感豐滿，非常平均且穠纖合度。表情與感情絕大多數時候都毫無起伏，我覺得這部分才真的與夏洛涅完全相反。

「然後呢？妳是來探病的，我這樣判斷應該沒問題吧？」

「是的，外加侍寢。」

「我不需要這種額外服務。」

嚴肅應對她那荒謬的思考就輸了，我冷靜回答。

但是一旁的夏洛涅氣得露出虎牙。

「艾爾莎！拜託妳惡作劇也不要太超過！妳真的知道現在提爾是什麼狀況嗎？」

「那件事我已經完全理解了。聽說身體已經無法發揮充分戰力。」

「既然這樣——」

「就是因為這樣，我想要讓提爾振作起來，才連忙趕到這地方。」

她渾身散發著認真的氣氛，一本正經地如此說道。

「但是我想不到怎麼做才能鼓勵提爾，就想說用身體吧。」

「妳的心意我很感謝，但是沒必要用身體喔。有這份心意就很夠了。」

「光是心意就能拿出幹勁？」

「我本來就打算重返葬擊士的戰場，現在充滿了幹勁。況且我也不想這麼早退休。」

我終究無法乖乖放棄。這是為了自己，同時也為了教官。

「提爾，不管發生什麼事，我都會為你打氣喔。」

「我也是。」

「謝謝妳們兩個。」

再加上夥伴的聲援，我只能繼續向前行。相信努力會得到回報。

——在這之後，夏洛涅與艾爾莎離去，病房變得安靜。

我站在病房窗邊遠眺醫院外頭的景色。

「…………」

紅磚砌成的建築物連綿形成廣大的城鎮。艾斯提爾德帝國是人類勢力範圍內最大的國家，其首都安傑路斯自然也有這等規模。從此處也能清楚看見皇室城堡的雄偉威容。

如果只看眼前這幅景象，毫無疑問可說和平吧，但是人類要在世界上生存絕不容易。大魔王路西法的支配領域位於帝國西南方，惡魔日以繼夜從該處飛向人類的勢力範圍。

所謂的葬擊士就是應付那些惡魔的人。因為是賭命的職業，願意就職者少，殉職者也多，因此人手總是不足。

曾是葬擊士一員的我，已經無法身為戰力……參與其中了嗎？

「不，我一定會回去。」

我抗拒般呢喃，就在這時——

我看見米亞教官從醫院正門步入前庭。

看來她回來了。走路時背脊筆挺的姿勢不論何時看起來總是神采奕奕，不但有著女性獨特的清純，同時甚至有股帥氣。

教官在女性葬擊士之中算是頂尖的強者，再加上那容貌使她更是人氣高漲。

性格也令人喜愛。比方說現在這瞬間，她也充分發揮那份善良。

比方說，錯身而過時有人打招呼一定會回應，有小孩子跑來身旁就會摸摸頭回應。看到掉在地上的垃圾，不說一句怨言就自己拾起，看到有人遭遇麻煩就會主動搭話提供協助。

光是這樣遠遠觀察，也能得知用聖人這個詞形容教官還嫌保守。只是去買點東西卻

花上不少時間，我想大概是因為在我看不到的地方，她同樣展現如此無可挑剔的言行舉止——或者該說是控制不住濫好人個性吧。

只要在這城鎮上生活，肯定會聽聞與教官的善行有關的傳聞。

米亞．塞繆爾就是這樣的一號人物。

因此她廣博人氣，我也是她的粉絲之一，對她深懷好感。

所以我選擇挺身保護她，卻也因此讓她背負了不必要的內疚。

——「必須守候再也無法戰鬥的我」這樣的義務感。

讓這樣的觀念深植於她的心中。

而且，說不定——

說不定會有人將我失去戰力的原因歸罪於她。

「那樣……」

光是想像，心底就一陣刺痛。

如果真的發生這種事，那全部都是我的錯。

是我自己衝上去保護她，又自己受傷，一切責任明明都在我身上，所有的矛頭卻會指向教官。

我無法忍受那種狀況。

「所以不管別人怎麼說，我都……」

——一定要以恢復戰力為目標。

就算教官本人要求我放棄回到戰場，也不會改變。

「啊，你又偷偷溜下床……不是叫你躺好嗎？」

我這麼想的時候，教官回到了病房。

「這點程度不會怎樣。」

「也許會對身體造成影響吧？保險起見，現在要乖乖躺好才行。」

「為了重返前線，有必要盡可能活動筋骨。」

「重返……」教官的表情蒙上些許陰霾。「小提……沒打算放棄嗎？」

「不打算。」

「意思是不想要乖乖地讓我守護？」

「我不想。這不只是為了我，更是為了教官。我想除去教官的內疚。只要我能夠復職，教官就用不著背負任何事了吧？」

「你真的用不著這麼做……我已經作好覺悟，要一輩子背負這個責任。一生守候受傷的你……那就是我能做到的補償。」

教官繼續說道。

「況且……我沒有你為此努力的價值。沒有寶貴到小提非得為我努力不可。」

「這種認知並不正確。」

「不，事實就是這樣。是小提太高估我了。」

教官將裝著水果的紙袋放到桌上。

「是我讓你的身體……再也沒辦法戰鬥。這種女人到底有什麼價值？」

「因果關係顛倒了。我會救妳，是因為我認為妳擁有無與倫比的價值。與其說價值，倒不如說是魅力。我發現教官是個充滿魅力的成熟人物，我不想讓聖人般的妳死去，所以才出手救妳。」

「我不是什麼聖人……我是……毀了小提的罪人。」

「是我自己毀了自己。」

「所以……所以啊，所以我不希望你像那樣再次受傷，才叫你不要繼續逞強啊。」

為什麼你就是不懂呢？教官凝視著我的視線彷彿這麼說。

「小提已經用不著再努力了。從今以後我會保護你，我會養你的……好嗎？小提已經可以休息了。讓我保護你，讓我補償你啊。」

「我不要。」

我不希望那樣。

「為了教官，我會以重回戰場為目標。為此要我多亂來都可以。」

「你確定？」

「我確定。」

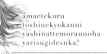

「我之前宣告過吧？只要你有這種打算，就算要五花大綁也會逼你待在安全區。」

「教官辦不到這種事，因為妳是個溫柔的人。」

「……！」

大概是被我猜中了吧。教官挪開視線，神色尷尬地垂下頭。

「我確實辦不到……但是，為了讓小提再也無法逞強，我還是可以監視小提喔。」

這句話並非謊言。事實上，從這一天開始我就在教官的監視下過著住院生活。儘管到了夜裡，教官還是緊盯著我的一舉一動。

不過，還是有破綻。教官當然也有睡著的時候。為了避免我在夜裡偷偷溜出去而在夜裡保持清醒，因此反而容易在白天露出破綻。

我屢次趁著教官坐在椅子上開始打盹時，前往醫院內的復健設施。

雖然說是復健，但我在那邊的課程近似於訓練。設施的訓練師也好幾次勸阻我說那樣負荷太重。但我以堅決的態度強迫對方同意讓我繼續訓練，並且在教官醒來之前回到病房，表現出剛才一直乖乖躺著休息的模樣。

與教官之間的互相算計持續了好幾天。

老實說監視令人不開心。這是當然的感想吧。因為那樣的行動出於意圖妨礙我達成目標的明確意志。

但是，我也不會因此而想要責難教官這樣的行為。

因為那終究發自於溫柔。

如果我選擇順從，教官肯定會表現得有如聖人般，投入全心全意照顧我吧。更正，除了緊迫盯人這部分外，現在她已經十分盡心地照顧我了。

不過，因為教官也有無法退讓的堅持，因此會妨礙我的行動。

那似乎就是教官贖罪的方式。

明明是我毀了自己的身體，教官卻覺得是她毀了我。

因此為了讓我不再勉強自己，時時監視著我。

是我讓教官背負起這種無謂的使命。

正因如此，照理來說我有責任除去這份無謂的使命。

我懷著這樣的想法，今天同樣趁著教官打瞌睡的時候溜出病房。抵達復健設施後開始高負荷的訓練。

訓練師已經不再對我多說什麼，因為已經理解到多說也沒用，同時也明白了我的意志堅決。之後為了增強體力，我在復健設施附設的石造泳池游泳，看時間差不多了，我便決定回到病房。但是——

「——小提！」

我自復健設施走到走廊上，就在這個瞬間——

背後傳來呼喚聲，我嚇了一跳。

用不著回頭我也知道。那是教官的聲音。

「醒來發現你不見了，我就想說該不會……」

我原本就認為總有一天會拆穿。如果那一刻就是現在，那就接受吧。

教官從背後繞到我面前，雙眼哀傷地瞇起。

「……你假裝乖乖聽話，其實在背地裡偷偷訓練吧？」

「是的……不行嗎？」

「不行啊……為什麼你不願意聽我的話？」

眾人的視線集中。目前蔚為話題的兩人齊聚於此，這也是正常的反應吧。

「小提……我求你了，不要再勉強自己。」

那是關懷我的真心懇求。

但同時也會妨礙我。

不過，我不覺得不快。因為我知道那出自溫柔。

然而——

「教官，我一定會逼自己努力。」

「為什麼……！」

教官伸手緊緊抓住我的衣物。像是要攔阻重要的人趕赴險境般。

「小提為什麼老是這樣子！為什麼老是努力到不顧自己？我又沒拜託你，你卻挺身保護我而受傷，這次又硬是逼迫自己受傷的身體……口口聲聲說是為了我，我明明說過，我沒有小提一定要逼自己努力到這種地步的價值了吧……！」

「對此我也說過了吧……——教官對我而言就是有這樣的價值！」

我不由得大聲吼了回去。話語止不住地衝出口。

「我才想問，教官為什麼要這樣想？為什麼自作主張要保護我？我也一樣沒有拜託妳啊！過度保護也要適可而止！」

「過度保護……？我只是不想讓小提又差點丟掉性命，才想守著你——」

「我知道！這我知道……但是，我不希望教官被那種義務感控制。因為一切都是我不好。是我擅自保護妳又自己受傷而已。結果使得教官為此感到自責……所以我不可能就這樣安於現狀！」

「小提……！」

「就算要踐踏教官的心意，我也要回到戰場上！如果不這麼做，之後我一定會後悔當時選擇保護教官！」

雖然守護了教官的身體，卻因此傷害了心靈。

身體變成現在這樣，我不感到後悔；但是讓教官背負歉疚這部分，則純粹徒留後悔。

所以我要以復職為目標，就這麼單純——

「……就這樣，我要回病房了。」

再加上當面怒吼後的尷尬，我如此說完便逃跑似的轉身背對她。

將教官的溫柔一腳踹開，我覺得這樣的自己真是爛人。

但是現在的我非得當個爛人不可。

——黃昏陽光投入病房。

是四周的民房紛紛開始飄出晚餐香氣的時間帶。

回到病房後，我坐到床邊，用手臂遮住雙眼後，仰躺在床上。

「我……」

我是不是正走在錯誤的道路上？——不可能的。考慮到教官，取回過往的戰力一定是正確的。

「剩下的問題就是教官願不願意認同……」

就算她不願意認同，我也要以復職為目標。這一點不會變。但如果教官也願意為此聲援我，我也更能心情暢快地大步向前。

我這麼想著的時候，病房的門突兀地敞開。

「…………」

教官靜靜地步入房內。原本以為她有話要說，但她只是默默地關上門，移動到窗邊的椅子旁坐下。

既然她立刻追著我來到病房，就表示她有話想對我說吧。但也許是正在釐清思緒，兩人好一會兒都沒有交談。

床鋪的嘎吱聲、鳥鳴聲、有人走過房外走廊的腳步聲。

彷彿被時間拋棄於此，一切聲音聽起來都異樣遙遠。

初夏的風推動窗簾，溫柔輕撫我的瀏海——

「小提，我啊……」

聽見突然間傳來的話語，我挪開了遮著眼睛的手臂。

有如理所當然般，教官正看著我——

「小提上次那樣情緒激動地說話，好像是很久以前的事了。」

「……咦？」

「因為你基本上是個文靜的孩子。而在我面前又想表現得更加懂事。」

教官放緩了表情露出微笑，繼續說道。

「所以，你會那樣拉高音量大聲說話……我想這就表示那些都是發自內心的真心話吧。」

「……我是認真的啊。」

那些話都不是謊言，是徹頭徹尾只寫著事實的詩章。

「不惜踐踏我的心意，也想要回到戰場上？」

「是的……就和我剛才說的一樣。」

「所以你趁著我睡午覺的時候偷偷溜出病房？」

「對此我也覺得抱歉……但是，我絕對不能放棄，不能就這樣停留在原地。」

「……無論如何？」

「是的……我覺得對教官這樣說，教官應該就會懂。因為我就是這種人。」

不管他人要說一定辦不到，或者說我只是魯莽，我還是相信一定能辦到，並且朝著目的衝刺。無論是殲滅惡魔的夢想或是復職。他人覺得不可能也好，要說我魯莽也罷，這種事與我無關。決定要做就要做到底。就這麼單純。

既然在身旁看著我好幾年了，教官應該也很明白我這種個性才對。

「的確是……」

所以下一個瞬間，教官的臉龐便露出了為難似的苦笑。

「是啊，是這樣沒錯……小提就是這樣的孩子。」

「妳能明白了嗎？」

「雖然不願意，但我明白了……回想起來，從訓練所時代就是這樣。像是鍛鍊到疲憊過度而昏倒，恢復後也不反省又重蹈覆轍……小提一直是個頑固到讓我傻眼的孩子。」

「簡單說，這一點到現在也沒變。要罵我是個大笨蛋也無所謂。但是請允許我為了復職努力。拜託教官了。」

我正色說完，教官雙手抱胸陷入沉默。

雖然反應看似猶豫，但那反應只持續短暫的一瞬間——

下一個瞬間，她吐出一聲滿是無奈的嘆息。

「嗯，我允許。」

「……咦？」

「我剛才說，允許你為了重回戰場而努力。」

「可是……真的可以嗎？」

「怎麼，你不是希望我允許？」

確實如此，但是她的判斷太過乾脆，令我吃驚。

「真的……可以嗎？」

「因為我也知道，小提一旦下定決心去做，就絕對不會半途而廢。算算我用這雙眼睛觀察你已經幾年了？已經六年嘍。結果真如我所料，不管我怎麼哀求，小提都不會放棄為復職而掙扎。」

「該不會……教官之前在測試我的決心？」

「你說呢？——要是我能這樣一語帶過，也許很帥氣吧。但是很遺憾，我之前真的想阻止小提。」

「明明這樣想，之後卻不會再阻止我？」

「是啊，不會了。」

但是——她話鋒一轉。

「守候著小提，避免讓小提勉強自己。這件事我沒有放棄喔。」

「……咦？」

「聽好嘍，小提。你要為了重返戰場而努力，這部分我確實會允許。日後我也不會反悔，我答應你。但是，正因為如此——」

教官露出認真的眼神——

「為了恢復戰力進行的鍛鍊，我希望你在我能管理的範圍內進行。」

如此說道。

「既然決定要聲援你的復健，我希望小提能盡一切努力做到最好。因此為了讓你能最有效率地取回戰力，可以讓我為你提供協助嗎？」

在我能管理的範圍內——協助——？

——該不會……

在我察覺了某一種可能性的瞬間，教官有如重整態勢般冷靜說道。

「簡單地說，你應該很快就能出院，出院後就住進我家並且進行鍛鍊。」

「……妳是認真的？」

看來我還沒辦法逃離米亞教官的關懷。

第二章 因緣

「喝！哈！——咕……」

「提爾，應該還行吧！加油！」

米亞教官允許我重新鍛鍊的三天後的早晨。

我拜訪金髮蘿莉——夏洛涅的住處，與她過招。

雖然我在昨天中午出院，預定將在今天住進教官家，日後以恢復戰力為目標而重新鍛鍊，但在搬進教官家受教官照顧之前，我先撥了點時間拜訪夏洛涅，請她與我對打。

「——喝！呼！」

「不該像這樣吧！我認識的提爾還要更加厲害喔！你一定能繼續撐下去！加油啊，加油！」

夏洛涅鼓勵的同時認真與我交手，我一面應聲一面出拳踢腿。但是很快就面臨極限，令我體力不支而倒向地面。

過去要連續戰鬥三天三夜也沒問題的體力，現在只剩這樣。簡直判若兩人。

「提爾，辛苦了。來，這是牛奶。總之先休息一下吧。」

和我截然不同，夏洛涅還是一副輕鬆寫意的模樣。她將牛奶瓶貼到我的臉頰旁。

雖然很冰，但那感覺現在很舒服。

「大哥哥已經動不了嘍～」、「真不像提爾哥。」、「但是出招時的速度不愧是提爾哥哥啊～」、「嗯，技術和經驗都還保留著吧？」

在夏洛涅之後，幾名孩子也跟著靠過來，包圍了躺在地上的我。

這群年幼的男女孩年齡層都不同，從還在上育幼院的年紀到大概國小畢業的都有。頭髮顏色都不相同，容貌也沒有相似之處，若要舉出一項共通點，那就是所有人都擁有一雙赤紅眼眸，無人例外。

他們都是所謂的禁忌之子，和我與夏洛涅相同，身上同時流著人類與惡魔的血脈。

這地方是專為禁忌之子而設的孤兒院，由我經營，並且交給夏洛涅管理。

在這地方的庭院中練習對戰又倒地不起，自然會像這樣被包圍。

「好了啦！你們快點去吃早餐！在你們纏著提爾的時候，湯會冷掉喔！」

「吵死了平胸族～」、「就是說嘛，地平線不要講話！」、「現在我已經比夏洛涅姊姊還大嘍～」、「我也快要長得比姊姊高嘍！」

「你們幾個……！」

夏洛涅的紅眸倏地猛然圓睜，一陣風掃過庭院。雖然起風的時機完全是偶然，但是肯定在展現夏洛涅的怒氣上有所助益。

「廢話少說！統統給我去吃早餐！小心沒午餐和晚餐吃喔！」
「嗚嘎～！」、「大地的憤怒啊！」、「地平線就算憤怒也不會隆起喔～」、「滿好笑的。」
「喂！真的會不准你們吃飯喔！給我作好覺悟喔，調皮四人組！」
夏洛涅氣得彷彿頭頂要噴出白煙，那張稚氣的臉龐隨即轉向我。
「你也一樣，要躺到什麼時候啊？快點起來啦。」
「知道啦。」
我回答的同時站起身——立刻感到一陣暈眩，失去平衡。
「啊……！」
夏洛涅驚聲叫道，連忙伸手支撐住我的身體。
「不好意思，夏洛涅。幫大忙了。」
「你……不是故意的吧？」
「如果這是故意的，我應該能當上舞臺劇演員吧？」
「是喔……那你就再多休息一下，不要勉強自己。算我求你了。」
夏洛涅體恤似的呢喃，把我帶到孤兒院的簷廊處，讓我躺下。
隨後夏洛涅自己也彎起小腿坐在我身旁，將大腿墊在我的頭部下方。
「……妳用不著這麼麻煩就是了。」

「你安靜休息就好。」

她以不容分說的口吻如此強調，我也不再多說。

雖然不能說出口，但夏洛涅的大腿肌膚觸感十分舒適。

這樣療癒的時間持續了好半晌後，我恢復了精神，撐起頭部。

「很夠了，繼續練習吧。」

「真的沒問題了？」

我點頭回應那帶著憂慮的疑問，移動至孤兒院的前庭。

「嗯，我沒事了。我們繼續吧，為了日後再次復職。」

「——既然這樣啊，要不要乾脆跟我對打啊？」

男人的說話聲突然介入我們之間。

我吃了一驚，轉眼看向孤兒院的正門——在該處站著一位銀灰髮色特別引人注目的青年。

青年對我投出凶暴的笑容，軍服般的筆挺制服隨風甩動，一步步靠近我。

我和那傢伙彼此並非不認識，但也絕非親暱的對象。

「為～什麼活下來了啊？要是你在那次戰事乖乖送命，我覺得那就是最好的結局～是不是啊？命大沒死成的蟑螂……！」

他話才說完，立刻就舉起短刀直衝向我。

「提爾！快躲開……！」

目睹突如其來的襲擊，夏洛涅慘叫般吶喊的同時——

我化解了那傢伙的短刀突刺，握住他的手臂向上扭，打落短刀。

「什麼嘛，聽說你實力大減，但這種程度還是能應付嘛？唉，畢竟技術和經驗都還保留著，這也是當然的吧？」

「你想做什麼，伽列夏諾？」

我對那傢伙——過往的同年級生，伽列夏諾．艾巴魯多雷——如此逼問。

以前我還在名為帝都葬擊士訓練所的學校就學時，他與我同樣都在米亞教官負責的班級中。我總是拿到第一名的成績，而他總是置身第二名的立場。我們的關係照理來說只有這樣，但是對他而言似乎並不只是如此。

「你問我想做什麼？拜託，這還用問？聽說年少英雄提爾．弗德奧特為保護米亞老師而實力大減，我當然要上門拜訪，好好痛整你一番嘛。」

「你這傢伙……」

「真讓人舒坦啊，提爾。你終於從頂峰上摔下來了。我等得好苦啊。」

展露暢快笑容的同時，伽列夏諾甩開我的手，撿起短刀。

「從現在的你身上能學到一個教訓。簡單說，人沒辦法永遠都在第一名。說來聽聽嘛？你以前那麼厲害，現在弱到那邊的小妞都要替你擔心……感覺很窩囊，很悲哀吧？

我看你就不要再浪費氣力想復職了，現在讓我送你一程乖乖退休吧？聽起來不錯吧？」

——第一名與第二名。

——學生時代的排名制度。

伽列夏諾始終甩不開當時的排名，甚至因此而心態扭曲，對我懷恨在心。

對我的執著與死纏爛打。

這傢伙大概把我實力衰退的當下視作大好機會，想趁機掃清長年累積的嫉恨吧？

為什麼才一大早就遭遇這種麻煩事啊……？

「來啊，提爾。擺出架式。我來幫你美好的早晨時光添一點鮮紅當裝飾。當然是用你的血！」

「……你現在不是皇室的近衛精銳部隊『聖騎士庭園』的一員嗎？」

胸前的刺繡是艾斯提爾德帝國的象徵——「雙翼盾」，與那襲軍服般的藍制服證明他的身分。

「那又怎樣？」

「你好歹也算是菁英，引起這種問題行為真的沒問題嗎？」

「喂喂喂，你還有心情擔心我啊？」

伽列夏諾先是淺笑著如此說道——

「你就是這種地方最讓我不爽。」

倏地斂起笑容，額頭青筋暴露。

「我不曉得那是不是強者的從容，但你那種態度每次都讓我不爽。」

「這樣啊？那還真是抱歉。」

「為什麼事到如今你還能擺出那種囂張態度？」

他瞇起眼瞪向我，看得出他握著短刀的手越來越使勁。

「現在靠著協會的施捨才能維持『七翼』名號的嘍囉少來擔心我。小嘍囉只要像個嘍囉一樣心懷畏懼，懂嗎？」

「聽不懂啊。」

「你這傢伙……」

「確實現在的我是個小嘍囉，但要問你是不是個強者，答案也不是。你還是老樣子不上不下。雖然我變弱了，你也不會因此變強。就算要我畏懼你，到底要畏懼你哪些地方才好？你教教我嘛。」

早晨時光遭人玷汙，我心情也不怎麼好。正巧心煩氣躁，於是我挖苦般如此說道，而這句話似乎不偏不倚踩中伽列夏諾的痛腳。

「要我教你？當然可以啊，我本來就這麼打算……我今天特地來到這裡，就是為了把實力大不如前的你教訓到落花流水。事到如今你要哭要叫我都不會饒你嘍？你就到另一個世界後悔吧！」

伽列夏諾反手持短刀，壓低重心。

——迎戰態勢。

夏洛涅見狀，像是無法繼續袖手旁觀，想衝上前來。

「別過來。」

「為什麼啦！那個人可是位階比我高的『五翼』耶！光憑現在的提爾怎麼可能贏得了——」

「別說了，安靜看著就對了。妳在那邊顧好，不要讓小孩子們跑進庭院裡。」

孩子們不知何時已經聚集在簷廊邊當觀眾。

伽列夏諾露出犀利笑容。

「汙穢之血的小鬼們好像也想見證你的死相吧？」

「是來看你怎麼輸的吧？」

「——有種！」

這句話有如開始戰鬥的訊號，伽列夏諾開始動作。

他消失了。剛才的身影就有如海市蜃樓，頓時消失無蹤。

但是，他當然並非真的消失，而是藉由專注於步法的縮地術飛快移動——

換句話說——

「——去死吧！」

儘管像這樣遭到突襲，在他出手的瞬間，縮地術的高速移動會為了攻擊而暫時降低。只要仔細觀察並判斷動向，就和從正面遭到攻擊沒有太大差別。因此我輕易就握住了伽列夏諾的手腕，化解了攻擊。

「什麼……！」

伽列夏諾面露驚愕之情。

「你……為什麼能看穿現在這招……！」

「答案你自己剛才不是講過了？技術和經驗還留在我身上啊。」

我的實力的確大不如前。弱到簡直和過去無法比較。但是既然我還維持著我的意識，過去累積至今的技術與經驗想當然依舊殘存。

但是儘管留有技術和經驗，我還是失去了肌力與體力。

換言之，我欠缺續戰能力。

戰鬥拖得越久，就對我越不利。

和夏洛涅對打練習最後讓我累趴在地上，從這一點就很明白了。

但是反過來說——

「這回輪到我嘍？」

如果根本不需管理步調，從一開始就使盡全力也無所謂的話，我還沒有退步到被分類為小嘍囉的等級。

我緊抓著伽列夏諾的手腕，另一隻手握成拳頭——

全力揮出。

雖然遠遠不及全盛期，不過純論拳頭的瞬間威力與速度仍然十分充分。

那力道直擊伽列夏諾的下巴，似乎猛烈震盪了他的大腦——

「咕……」

伽列夏諾的短刀墜地發出清響聲，他失去平衡當場跪地。

贏了～！夏洛涅與孩子們激動歡呼。

但是伽列夏諾咬緊了牙，重新站起身——

「還沒完……！」

他這麼說著，赤手空拳攻向我，不過我冷靜地躲過他的拳頭，朝他的臉賞了一記反擊拳。

「咕嗚……！」

噴灑著鼻血，伽列夏諾向後仰倒。

我俯視著伽列夏諾，問道：

「夠了吧？」

「還……還沒完……這……這種事怎麼可能……你的實力已經大不如前，我怎麼可能被你空手打敗——」

「——你已經輸了。」

就在這時。

充滿威嚴的話聲響徹孤兒院的庭院。

「伽列夏諾，你是『聖騎士庭院』的害群之馬。罰你禁閉悔過。」

不知何時，一臺馬車停在孤兒院門前。正有兩人自馬車上走下。

其中一人是與我同年齡的葬擊士，銀髮少女艾爾莎。

另一人則是身軀壯碩強健得有如岩塊的壯年男性。無需贅言，剛才的聲音是他發出的。

壓平的金髮服貼，輪廓深邃的眼窩籠罩著一抹陰影。他身穿的衣物與伽列夏諾款式相同——換言之，那是「聖騎士庭院」的制服。

「您該不會是……」眼前這位男人，如果我的記憶正確無誤——「『聖騎士庭院』的隊長，吉爾賽德·瓦格納卿……」

「哦？這應該是我們首次直接會面，但你已經知道我的身分了。哎呀，享譽盛名的『七翼』的怪童也知道我的名字，真是榮幸之至——客套話先擺一旁，不好意思。我的部下給你帶來麻煩了。」

瓦格納卿以沉穩的口吻如此回應我的疑問。

皇帝陛下直屬的近衛精銳部隊「聖騎士庭院」的隊長——吉爾賽德·瓦格納。

身為名門瓦格納伯爵家的當家，同時也是實力堅強的「七翼」葬擊士。

瓦格納卿的視線再度轉向伽列夏諾，面露憤怒之情。

「我再度宣告。伽列夏諾，對你處以禁閉悔過的懲罰。只為了私人恩怨襲擊負傷的提爾・弗德奧特就已經愚蠢至極了，居然還反被擊敗。」

「請……請等一下，隊長！」

伽列夏諾神色焦急，開口說道。看來他似乎無法違抗瓦格納卿。

「我只是以我個人的身分挑戰提爾，我沒有代表『聖騎士庭院』挑戰他的意思！既然這樣，緊閉悔過的處分會不會太重——」

「你必須有所自覺，當你身穿那襲制服，一舉一動都代表了『聖騎士庭院』。倘若你就連這份自覺都沒有，那實在令人嘆息。」

瓦格納卿渾身散發著嚴厲的氣氛，瞪視伽列夏諾。

「不要讓我更加失望。如果明白了，就立刻坐上馬車。懂了嗎？」

「我……我明白了……」

伽列夏諾心有不甘地垂下頭，但最後還是收起短刀邁開步伐。途中他僅此一次停下腳步轉頭看我。

「……給我記住。」

「不准多嘴！」

瓦格納卿的斥喝隨即衝出口，伽列夏諾倏地縮起肩膀逃進馬車中。瓦格納卿目睹他的身影消失後，滿懷無奈地搖了搖頭。

「唉……再次向你正式致歉，提爾．弗德奧特。那傢伙給你帶來麻煩了。」

「沒關係，我不在意。」

毫不理會場上氣氛，艾爾莎逕自走到我身旁，而且莫名其妙地立刻就抓住我的手想要讓我摸她的胸脯，因此我朝她頭頂賞了一發手刀。

「……好痛。不過提爾給我的痛覺也是快感。」

「真是老樣子……話說妳是來幹麼的？」

「我只是為瓦格納卿帶路來到此處。」

（差點忘了……）

……瓦格納卿為何親自來到此處？很難想像他是為了親自責備他的部下伽列夏諾而來。不管怎麼說，伽列夏諾的失序行徑也不至於那麼快就傳到他耳中。瓦格納卿恐怕原本就有事來此，恰巧挑了這個時間拜訪，這樣推測應該比較合理……

我這麼想著，向瓦格納卿詢問為何造訪。

「對了，瓦格納卿。您這般的大人物親自造訪這間小孤兒院，不知道是有何指教？」

「實不相瞞，提爾．弗德奧特，我有事找你。」

「找我？」

「是的。因此我請自稱與你有交情的艾爾莎帶路，來到你可能在的地方。」

「不好意思，請問您和艾爾莎是什麼關係？」

「嫁到平民之家的姊姊的女兒。換言之艾爾莎是我的姪女。」

「……艾爾莎，妳有貴族血統喔？」

看來她不單純只是個變態。哎，只要她不講話的確有幾分高貴的氣質。

「嗯哼。提爾，想和我生孩子了嗎？」

「鄭重聲明不會。」

對面無表情地挺起胸膛的艾爾莎如此叮嚀，我再度正眼看向瓦格納卿。

「可以請您告訴我造訪此處的用意嗎？」

「用意很單純。我正在考慮邀請你加入『聖騎士庭院』。」

「……咦？」

毫無預兆而且堪稱突兀的提議。

「你和塞繆爾的問題，當然我也已經知曉。你為了守護塞繆爾，因名譽的負傷而失去了過往的完全戰力。雖然時日稍晚，但首先請讓我為你那勇敢的行為致上敬意。你是了不起的帝國人。身為同一國的國民，我與有榮焉。」

「這……非常感謝您的讚美。」

「當然對於你失去力量這事，實在令我非常遺憾。但是，你過去累積至今的戰鬥技術與實戰經驗——換言之，以史上最年少的紀錄登上『七翼』位階的天賦才能依然留存。而且那份才能並未跟著逝去，這件事你剛才以打倒伽列夏諾向我證明了。真是了不起的身手。」

瓦格納卿的視線短暫飄向馬車。

「雖然是誤打誤撞，但那傢伙的失控也算有些貢獻吧。儘管力量衰退，但你仍舊君臨於葬擊士的巔峰，剛才你親自為我證明了這一點。」

哎，無論如何——瓦格納卿如此說道，短暫停頓，像是總結般繼續說道：

「我想說的非常單純且明快。如果你日後的出路尚未決定，我誠懇希望你能以特別名譽顧問的身分成為我們『聖騎士庭院』的一員。希望你將過去累積至今的一切，傳授給我的隊員們。可以請你接受嗎？」

「…………」

瓦格納卿如此說完，像是等候我的回覆，闔上眼睛靜佇在原地。

我思考著。這肯定是非常難得的邀約。

「聖騎士庭院」是守護皇室與城堡的近衛精銳部隊。絕非只要身為葬擊士都歡迎。要成為皇室的守護者，自然必須身為強者，位階最少也要在「四翼」之上，而且只收帝國出身者，入隊條件絕不寬鬆。

能加入那樣的特別部隊，對帝國人而言是至高的名譽。儘管志願入隊者絡繹不絕，隊長卻親自上門對我提出邀請，甚至為我準備了特別名譽顧問這樣的專用職位，堪稱是超乎想像的優渥待遇吧。

然而，這份邀請我無法接受。

「瓦格納卿，非常感謝您的好意，但是我必須回絕您的邀請。」

「這樣啊。我可以問你理由嗎？」

「因為我的目標是取回身為葬擊士的一切，實際上也正為此努力。」

「我記得消滅諸多惡魔就是你的夢想吧？」

「是的。而且同時也為了米亞教官，我必須重回葬擊士的戰場才行。」

「回到前線再度揮劍殺敵，就是你當前的目標？」

「正是如此。有勞瓦格納卿您親自大駕光臨，卻只能給您這樣的回答，我也感到非常抱歉。但希望您能體恤我的想法。」

「我明白了。既然有這樣的理由，我也無法強硬邀你入隊。」

瓦格納卿露出乾脆的笑容，走到我身旁，將那厚實的手掌擱在我肩頭上。緊接著給了我蘊含熱情的聲援。

「加油啊，年輕人。我由衷為你的復職祈禱。」

「非常謝謝您。」

「不過，要回到原本的地位，應當憂慮的就是目前的續戰能力吧？」

「是的。受到體力不足的影響，近身戰鬥的耐力無法持久。」

「不過，我相信你甚至能顛覆我的憂慮。提爾．弗德奧特，既然你回絕了『聖騎士庭院』的入隊邀約，那麼務必要重返葬擊士的最前線。」

「是！對雙翼之盾發誓，必當如此。」

「唔嗯。那麼我就告辭了。突然造訪，打擾各位了。」

瓦格納卿以視線對我們致意後，回到馬車上。

在馬車駛離的同時，夏洛涅將孩子們趕回餐廳之後，回到我身旁。

「這麼乾脆就回絕『聖騎士庭院』的入隊邀請，真的好嗎？」

「沒關係。那不是我該當作目標的場所。」

「是喔？哎，提爾這樣說的話，我也沒什麼好講的。雖然覺得有點可惜。話說回來，原來剛才你和我對打的時候故意放水啊。原來你其實還那麼厲害……」

夏洛涅稍微鬧起彆扭。

「那是妳誤會了。只是和妳對打時我把重點放在維持步調。並沒有放水。」

「……是喔？」

「是啊。之後有機會練習的話，到時候我會拿出全力跟妳打。」

「說好嘍？」

我點頭回應這句話，將視線轉向艾爾莎。

「話說回來，瓦格納卿已經走了耶，妳沒關係嗎？」

「沒關係。他只是拜託我帶路，接下來自由。」

「是喔。」

「嗯。話說回來，居然能贏過『聖騎士庭院』的隊員，提爾真厲害。提爾好像還是很強，讓我放心了。我感覺慾火焚身。」

「嗯，妳湧現的感情好像和常人不太一樣喔？」

不過這就是艾爾莎的個性，已經無從改變。

「話說回來，提爾你接下來預定要幹麼？」

夏洛涅如此問道，我一面強忍著呵欠一面回答。

「妳問今天的行程喔？接下來要去教官家。從今天起我會以幫傭的身分住進教官家裡，同時為復職而努力。」

幫傭……？艾爾莎歪著頭如此問道。她身旁的夏洛涅吃了一驚。

「啥？什麼跟什麼……所以說你要當小白臉給米亞姊養？」

「不……不是啦！不是小白臉！只是請她協助而已！」

「為……為什麼事情會變成這樣？」

「不曉得……教官跟我說，如果要把目標放在復職，就要在她能照顧的範圍內鍛鍊。」

「所……所以就要和米亞姊一起生活？那就是小白臉嘛！」

「百分之百不是小白臉。」

只有這個稱號我堅決不會接受。

「住……住在同一個屋簷下太骯髒了！提爾大變態！不檢點！」

「為什麼啦……先聲明，我可不是自願的喔。」

我像這樣被夏洛涅連連責備的同時——

「提爾，我有問題。我可以跟著你去米亞家嗎？今天我放假。」

「呃，哎，應該沒關係吧？她也沒說不准帶其他人去。」

「嗚嗚……要是我沒任務我也想跟去！」

「任務，好好加油。」

「就算妳為我打氣，我也一點都高興不起來！妳這變態女！」

「我不想要這種稱讚。我只想早點擠出母乳。」

「……一大清早的，妳是在鬼扯什麼？好了，快點走吧。改天見啦，夏洛涅。」

於是，我與艾爾莎一同離開孤兒院，開始移動。

第三章 新的自由

「看得見教官的家了。」

「二十六歲單身女性的家。」

「不要用那種講法。」

走在田園環繞的帝都郊外，我與同年齡的葬擊士艾爾莎如此交談著。艾爾莎還是老樣子面無表情。

對話內容先擺一邊，米亞教官的住處已經映入視野中。

教官的住處是與那實績不符的郊外平房。似乎是為了不讓自己遺忘新人時期的上進心，至今仍住在與當時同樣的住處。也許很符合教官那一板一眼的個性吧。

不久後我們抵達了教官家的玄關。

我先嘗試直接開門，但大門鎖著。

因為昨天出院時她已經將鑰匙交給我了，我就用鑰匙開門。

「既然門鎖著，米亞在睡吧？」

「大概吧。因為我出院了，她昨天好像再度開始參與任務了。昨天也說有夜間任務，

昨天大概活動到很晚吧？」

「既然再度參與任務，米亞以後不再會整天監視提爾了？」

「她說只要按照這裡的生活步調進行鍛鍊，就不會像住院時那樣監視我。」

對教官而言，無論如何都希望我能待在她的管轄範圍內吧。那不是為了阻止我的鍛鍊，純粹只是想守候著我。

「對了，剛才你說要以幫傭的身分在這裡生活，為什麼？」

「因為教官要我這樣做啊。哎，目的恐怕是增加把我束縛在家中的時間吧？只要做打掃之類的工作，待在家裡的時間自然會增加吧。除此之外，哎，大概還暗藏了『如果連幫傭的工作都無法勝任，要復職還很遙遠』的含意吧？」

事實上，如果連家事幫傭都做不來，這種人根本不可能在葬擊士的戰場上活躍。所以對於幫傭這個工作，我也想用全力去做。雖然教官的理想似乎是「不讓我做任何事，只是單純養我」，但因為我拒絕了，她才折衷採取這種作法吧。

「總之先進門吧？」

我推開玄關大門，要與艾爾莎一同走進教官的家。

「提爾，米亞家你來過幾次？」

「也沒幾次。」

為了一些瑣事造訪過幾次而已。但每一次都只到玄關，從來不曾步入大門後方的私人領域。今天大概會是我第一次真的走進屋內。

「我也沒進去過。」

「想必一定打掃得窗明几淨吧。」

教官是個認真又能幹的女性，住家地板想必閃閃發光而且一塵不染。窗戶一定也潔淨到嚇人，彷彿鏡子般反射著室內的模樣。洗好的衣物肯定也整齊摺疊到可說一絲不苟，而且散發著宜人的香氣吧。

一面想像著這樣的情景，我們決定推開正門步入房內。

短短三十秒後——這時教官似乎還沒醒來，在我們步入客廳的那瞬間……

「不會吧……」

我的幻想被粉碎了。

「好髒。」

就如同艾爾莎呢喃說出的評價，教官的家只能如此形容。也許不該說是髒，而是非常雜亂。雖然垃圾並未散落在房內各處，但是脫下的衣物隨手亂扔，廚房中也堆著用過未洗的餐具，令我不禁懷疑這幅慘狀如果公諸於世，教官的形象恐怕會稍微傾頹。

「米亞是不會整理的那種人？」

「……也許是喔。」

教官在別人面前在各方面總是正經又可靠，但也許因此讓她對自己拘束不足吧？她

居然會想到要請我住進這地方。就算想要守候著我，把這幅凌亂不堪的情景攤在我眼前真的沒問題嗎？被人家看見不會覺得難為情嗎？

不管事實如何，我和艾爾莎一起開始打掃。清洗隨便亂扔的衣物，洗淨用過的餐具，將大量的舊報紙收集起來燒掉，壓扁吃完的空罐頭，殲滅突然現身的黑色生物，清潔油膩的地面，擦拭滿是塵埃的窗戶。

我們花了差不多一小時，好不容易將此處恢復到適合人生活的環境。

就在這時，寢室方向似乎有動靜——看來教官醒來了。

「我比較想和提爾獨處，她永遠睡下去就好了。」

「我說妳啊……」我白了艾爾莎一眼。

在這同時，寢室房門開啟的聲音傳來，緊接著腳步聲也朝此處逼近——

「哎呀……你好像已經幫忙做了不少呢。」

教官打著呵欠如此說道的同時現身，就在這瞬間——

「——咿……！」

我不由得發出怪聲。因為令人懷疑自己是否看錯的光景撞進眼簾。

「米亞為什麼全裸呢？」

就如艾爾莎所說。揉著睡眼惺忪的雙眼的同時出現在客廳的身影，不知為何一絲不掛。沒有束起的紅髮遮掩了雪白的雙丘，然而下腹部卻幾乎沒有遮蔽——

「到此為止。再看下去審美觀會被養壞。」

艾爾莎走到我背後，伸手蓋住我的雙眼。雖然我還想再看……不過，幹得好。

「……奇怪？為什麼艾爾莎也在這裡？」

對教官而言，似乎這才是最令她疑惑的問題。不過在我看來，最不可思議地當然是教官為何起床後全裸來到客廳。

「我為何出現在此處？因為我詢問提爾能否同行後，得到提爾的同意。」

「小提，你明明不是家主卻允許別人進來，這樣真的好嗎？」

「原……原來不可以喔？」

「哎……既然人都帶來了，這也沒辦法，僅此一次下不為例喔。」

教官以寬大的態度原諒了我，這時艾爾莎鋒利出招：

「話說回來，米亞。也許妳想得到暴露的快感，但是建議妳盡快穿上衣服。這樣下去我永遠不能讓提爾的眼睛重見天日。」

「……衣服？——啊……！」

說到這裡，教官似乎終於察覺自己目前一絲不掛。

儘管眼前一片漆黑，滿臉通紅的反應還是透過氣氛傳來。

「不……不是妳想的那樣！我不是想追求暴露的快感，我……我睡相不好，有時候睡醒就會變成這樣……我……我馬上去穿點衣服！」

聽見腳步聲往走廊方向折返，同時我的眼睛重獲自由。

艾爾莎繞到我的正面，面無表情地輕輕甩動雙手。

「我才是媽媽。」

「我可不是剛睜開眼睛的幼雛喔？不會這樣就被洗腦喔？」

請不要做這種莫名其妙的舉動。

我和她隨口閒聊時，教官回到了客廳。這次她換上了平常的打扮，不至於過度刺激青少年的眼睛。呃，其實這套服裝胸口開得很大方，其實也滿那個的。

「吶，艾爾莎，我想再問一次，艾爾莎為什麼會出現在我家？」

「因為提爾允許我來。我剛才說過了。」

「我不是問這個，我想問的是艾爾莎來我家的動機。」

「我想妨礙提爾和米亞的同居生活。」

「……真是誠實的好孩子。」

教官傻眼地吐出一口氣。

「艾爾莎，聽我說。這並不是什麼同居。只是為了協助小提安然無恙地取回實力而安排的系統。明白嗎？」

「所以沒有任何下流的念頭？」

「沒有啊。」

「那我和提爾在這邊做些下流的事也沒問題？」

「那樣問題可大了。真是的……妳這孩子對誰都能擺出這種態度，只有這點我真的很敬佩。」

就連教官也感到棘手的人物，這就是艾爾莎。

「話說回來，小提……那個，你好像一來就幫我打掃了？謝謝你。」

教官有些害臊地說。

那羞怯大概是因為那散亂的慘狀被我目擊吧？

「我家應該很亂吧？不好意思……我想應該很傷眼睛，我向你道歉。」

「道歉是不用，但是拜託想點辦法改善啊，教官。我只是起初有些不知所措，之後就沒什麼感覺了。但要是其他人看見，可能有損教官的形象喔。」

「這我明白……不過，既然小提最後的感想是無關緊要的話，就我個人而言，其他人要怎麼想也……」

「嗯？」

「沒……沒什麼！這……這就先不管了，對了，可以拜託你準備早餐嗎……？」

「啊，嗯……請交給我。」

剛才她似乎說了句令人開心的話？哎，大概是我聽錯了吧。

我拋開雜念，專心製作早餐。

我來到廚房，打開以北方的萬年冰保持低溫的冷藏室。

發現裡面沒有什麼亮眼的食材，只擺著最起碼的蛋與火腿而已。

從這冷藏室看得出她基本上都是外食，鮮少下廚。

仔細一想，我的確沒見過教官親手料理的模樣，她的廚藝好嗎？

我萌生這般疑問的同時，手拿著幾顆蛋回到廚房。

「我幫忙。」

來到我身旁的艾爾莎倏地從我手中奪下蛋。

「喂。」

「交給我。讓你見識一下我身為女人的真本事。順便牽制米亞。」

艾爾莎才麼說完，隨後便展現與平常悠哉的她判若兩人的俐落動作，將蛋打在調理盆中開始攪拌。緊接著又把油滴至平底鍋上，將平底鍋放到將氣體變換為火的料理用加熱器上。

毫無遲滯的流暢動作一直持續到最後，半月形的歐姆蛋大功告成。

我身為幫傭的工作完全被奪走了。真是的，看看妳幹了什麼好事。

「久等了。希望兩位好好品嚐。」

之後，她要我和教官坐到餐桌旁，將盛著歐姆蛋的盤子擺到桌上。

「哦……還真是厲害。」

出自教官口中的短短一句話包含了讚嘆，以及某種莫名的感情。

「那就開動了。」

教官手持刀叉，動手分割歐姆蛋。

我也一樣開始品味艾爾莎親手做的歐姆蛋。

「這……真好吃。」

半熟的內部黏糊濃稠。雖然只是普通的歐姆蛋，卻有種令人忍不住渴求下一口的魅力。

「是啊，這真的相當美味……」

雖然教官也同樣讚美，但是話語中似乎依舊暗藏著不願意大方讚揚的情緒。

仔細一想，既然教官不擅長打掃，那麼順理成章地推理，她對料理可能也不拿手。

正因如此，見艾爾莎展現了擅長料理的意外一面，也許讓她感到有些不甘心吧？

「兩位可以更加誇獎我。」

另一方面艾爾莎雖然一如往常地面無表情，但似乎有幾分誇耀勝利的感覺。

於是，我被夾在不甘心的教官與誇耀勝利的艾爾莎之間，度過了氣氛有些僵硬的早餐時間。

在這之後，身為自由葬擊士的教官開始準備外出工作。她著手保養慣用的小型槍劍，瀏覽今天應當完成的惡魔狩獵任務的委託書。

「米亞接下來要去工作？」

「是啊。」

「那米亞出門工作之後，我可以在米亞的寢室和提爾一起睡嗎？」

「我反過來問妳，妳為什麼認為我會准許？」

教官一臉傻眼的表情注視著艾爾莎。我也無言以對。艾爾莎的思考迴路不呈現粉紅色的場合，大概只有出任務的時候。拜託妳活得更正經一點啦。

「況且喔，接下來艾爾莎也要和我一起出門，所以沒有機會打任何歪主意喔。」

「？什麼意思？」

「今天艾爾莎休假吧？我有事想拜託艾爾莎。」

教官如此說完，走向艾爾莎對她耳語。在講什麼？我有點好奇。

「……簡單說就這樣，能拜託妳嗎？」

「這方面的事儘管交給我。就和坐在龍背上一樣穩妥。」

「真可靠。」

那似乎是教官與艾爾莎之間的祕密。哎，女性也有女性的問題，我還是別多過問比較好。

「既然這樣，應該有需要多看過幾個地方，我該出發了。掰掰，提爾。」

「喔。雖然不知道妳要幹麼，自己小心點。」

我如此說完，艾爾莎便輕輕擺著手，離開教官的家。

「那我也差不多該去工作了——啊，對了。小提今天的預定行程可以告訴我嗎？」

「今天一整天我想在這附近一帶慢跑。首先要增強體力才行。」

「那我應該不用太擔心吧。」

教官將小皮包綁到腰際，結束了外出的準備。

「那我出門了。千萬不要勉強自己喔？」

「了解。」

「你真的明白嗎？只要你亂來，就會立刻進入強行撫養態勢喔？」

「我……我知道啦……」

強行撫養態勢說穿了恐怕就是指強迫我中斷鍛鍊，讓我在教官的庇護之下變成小白臉的計畫吧。

教官以懷疑的目光盯著我好半晌。

「哎，就先相信你吧。那我出門工作了。」

教官說完後離開家門，我則鬆了口氣開始進行鍛鍊。

為復職而鍛鍊著，不知不覺間就來到傍晚。

我在外頭慢跑後回到教官的家，恰巧這時教官也回到家門口。

「啊，教官也回來啦？這種偶然還滿讓人高興的呢。」

「是啊。」

她雖然表示贊同，但語氣異樣平淡。似乎暗藏著平靜的惱怒。

我心裡有些在意，跟在教官後頭進入家中，來到客廳。

「話說回來，小提。該不會艾爾莎已經來過了？」

「艾爾莎？我是沒見到她……話說她今天預定還會再過來？」

「稍微有點事。哎，不過還沒來就算了。現在還用不著在意。」

大概和早晨的悄悄話有關吧。

「話說回來，小提。」

第二次的話鋒一轉。

這次的語氣中洋溢著責備般的感覺。

「我聽說嘍？小提今天早上和伽列夏諾交手了吧？為什麼要那麼做？你想要我再次叮嚀你『在我顧不到的地方不要亂來』？」

……原來如此，看來那股沉靜的惱怒，原因就在此。

「而且你沒有向我報告這件事。難道是因為你覺得會被我罵？」

「老實說……的確是這樣。我想說會挨罵。」

「沒有確實報告，之後只會被罵個更慘，這點事你還不懂？」

原本擔任教官，在上次的戰事則是現場指揮官。

教官時常立於領導的立場，叮嚀的一句話都充滿魄力。為了不被屬下輕視，在這方面大概下了很多工夫吧。

「……我很抱歉……」

「下次一定要老實報告。你現在的身體禁不起亂來。知道嗎？」

言語自冷淡霎那間轉為關懷。那樣的態度拯救了我。

教官恢復平常的冷靜，隨即繼續說道。

「哎——……不過就結果來看，聽說你贏過了伽列夏諾？」

「是的……不過我沒有讓他完全昏迷過去，假設繼續打下去，勝敗還很難說。」

「不過伽列夏諾好歹也是『五翼』。絕非實力平庸的對手。居然能擊倒那種對手，就小提的現況來看，可說是相當了不起。」

教官如此說完，陷入沉思般短暫垂下視線。

「吶，小提。」

「嗯？」

「也許我會給你多一點自由。」

「咦？」

「細節我之後再說明。」

「啊，嗯……」

因為太過突然了我一時也搞不懂……給你多一點自由，這句話讓我相當在意。先記在腦海一角吧。

「那個……那我差不多要開始煮晚餐了。」

因為我同時也是幫傭。既然早上交給了艾爾莎，晚上就輪到我大展身手——

「——等一下，小提。」

但就在這時，教官喊停。

「晚餐，可以讓我做嗎？」

「咦？為什麼突然這樣說……」

話說到一半，我闔上了嘴。

理由用不著問我也知道。一定是受到今早的艾爾莎的影響吧。這一點也不意外，因為教官的個性本來就不服輸。因為那樣的個性，才讓她得以成為女性葬擊士之中頂尖水準的攻擊手——

「小提，可以吧？」

「當然可以啊。不過請讓我一起幫忙。」

「我懂了。那我們就一起做出美味的晚餐吧？」

於是，我便與教官一同準備晚餐。教官主動提出要做歐姆蛋當晚餐主菜。看來果真是不想輸給今晨的艾爾莎。

「小提，你只是助手而已喔。主要由我來做。」

「我知道了。」

因為教官如此強調，我只能盡可能扮演好教官的助手。

但是客觀來看教官的廚藝究竟到哪個水準呢？如果我能夠貫徹助手的角色，那當然是最好的結果……

也有可能到頭來是我得做晚餐吧？我這麼想著的同時，自冷藏室取出了蛋，回到廚房。

「教官，蛋給妳。」

「謝謝，那我馬上來打蛋。」

料理器具與調味料已經擺在眼前。

教官持蛋開始輕敲調理盆的邊緣處。但是蛋殼上連一絲龜裂都沒有。

……既然連打蛋都顯得生疏，果然平常根本沒有下廚的習慣吧？

「那個，教官，可以再用力一點喔。」

「那……像這樣嗎？」

在我提出建議的下一個瞬間，教官以揮動武器般的速度飛快振臂，將蛋敲在盆緣。

在啪嘎的清脆碎裂聲響起的瞬間，蛋殼的內容物四散飛濺，沾黏在我的臉龐上。

「…………」

「…………」

經過一段彼此都無法動彈的沉默時間。

感到蛋白與蛋黃沿著臉龐緩緩流動的同時，我打破這陣沉默。

「教官……不好意思，晚餐可以讓我做嗎？」

「不……不行……我來做。一次就好，讓我再試一次吧？」

「那……總之，就請教官再試一次吧。」

我想教官肯定不擅長下廚吧，既然如此，我認為不能讓她因為失敗一次就收手。人總是要從失敗之處重新站起。

「呼～……要集中才行。先讓我喝點水。」

教官如此說著，伸手拿起擺在調理檯上的玻璃杯。杯中已經裝著透明的液體——

「——啊，教官！那不是水！」

我連忙如此告知，但教官已經咕嚕一聲將那液體嚥下。

「嗯？這不是水？……的確就水的味道來說似乎太苦了些，話說這是什麼？」

「……這是料理酒。」

「——！怎……怎麼辦……」

教官臉上漸漸浮現驚愕的表情。

「這……這下糟了……」

只是喝了一杯酒就表現如此誇張的反應，是因為教官只要一攝取酒精就會陷入很不好的狀態。

酒——會讓教官判若兩人。

教官自己也很明白這一點，而且也引以為恥，因此平常總是注意著滴酒不沾。

但是，現在她卻不小心喝下了酒。

教官為此愕然——

而我只能以達觀的心境，準備順從接受之後即將發生的事。

「為……為什麼料理酒會擺在這裡……？」

「我看見艾爾莎今天早上用這個調味……所以我準備了一些。」

如果事先知道會引發這種悲劇，我絕對不會預備。

我觀察教官的狀況，發現臉已經漸漸轉紅。眼神迷濛渙散，顯然正逐漸失去理智。

「那個……教官？妳……妳還好嗎？」

「——……」

沒有反應。

不，教官的表情飄飄然，感覺大概很舒暢吧。

看來……可以判斷她已經切換過去了吧。

「……──那麼，小提，我們繼續做晚餐吧？」

教官若無其事般說道。但是眼前的教官已經不是平常的教官了。不只是臉頰泛紅。不只是眼神渙散。攝取酒精之後的教官與平常決定性的差異在於──

──精神會越來越亢奮。

「啊，但是在開始料理之前要先幫你把臉上的蛋擦乾淨。對不起，我是個連蛋都打不好的沒用女人……像我這樣，一定沒辦法養活小提。」

「呃，不，妳用不著養我……」

教官一面擦著我的臉，一面沒頭沒腦地如此說道，不過這狀態距離平常心還不算太遠，我誠心希望她能維持這狀態直到最後──

「很好，這樣就可以了，變得乾乾淨淨嘍。好乖好乖。」

「等……等等，教官。為什麼要摸我的頭？」

「大概是因為小提很可愛吧？──開玩笑的。」

把手從我頭頂挪開，教官笑得有如惡作劇的頑童。

那可愛的笑容令我心跳加速的同時，與平常教官的差異也使我冷汗直流。

醉酒的教官會失去原本的一板一眼。

像是調戲般。

像是溺愛般對待我。

雖然目前變化還不大，但是就平常狀態的教官所說，這就是不願回首的經歷正要開始量產的前兆。使她不再喝酒的原因——那人格已經漸漸浮現表面。

「嗯～可是喔，小提。你身上好像還是有一點蛋的味道。之後要好好泡個澡才行喔?啊，不然就和我一起洗吧？」

「呃——咦！」

「你該不會當真了？」

教官露出惡作劇成功似的得意笑容。

「不過你真的想要的話，之後我可以陪你喔？」

「……！」

雖然我知道這同樣只是玩笑話，但是那耳語聲對喜愛教官的我來說，刺激性實在太強。

教官愉快地觀察著我的反應，移動到調理檯前方。

「但是在泡澡之前，先繼續做歐姆蛋吧？」

「啊，好的……那就回過頭來，從打蛋開始吧？」

雖然乖乖將注意力轉回料理上，但她尚未酒醒，考慮到接下來狀況還會持續昇溫，在教官面前我還不能有一絲鬆懈。

雖然我不討厭酒醉時的教官，但主導權全被掌握在對方手中，該說是不擅長應付吧。

「來啊，小提。現在開始你來當我的老師喔。」

看吧，馬上就說出莫名其妙的話。

「……我來當老師？」

「對啊。打蛋的老師。」

「這種老師會不會太廉價了些……」

「但是老師就是老師嘛。好嗎？提爾老師？」

嗚……聽教官稱呼我老師，有種難以言喻的倒錯感……

「吶，老師，可不可以快點教教我要怎麼打蛋？」

在我耳邊如此呢喃之後——將一口氣輕吹在我的耳畔。

「嗚哦……等……等一下，教官……！」

「啊，反應真棒。看來小提耳朵很敏感喔。」

「這……這種事無關緊要吧？不是要打蛋嗎？快點！」

「好～那可以請老師重新教我怎麼打蛋嗎？」

「我當然會教……但就只是叩叩敲一兩下而已，也沒什麼好教的啊。只要注意控制力道強弱，沒有什麼困難的。」

「我不曉得力道要多強嘛，要是老師從後面把手把腰指導，我會很高興的喔。為了養小提，我想變成廚藝大師。」

她如此說完，像是暗示我似的搖擺臀部。

——該不會她說的「從後面把手把腰指導」就是這個意思？

要我像是從背後抱住她一樣，握住她的手控制力道……？

「快點呀，小提。要拿出熱情教學喔。」

「我……我知道了啦……」

不能當作沒聽見，實際上這麼教她應該也最有效率吧，於是我點頭同意。我移動到教官正後方，摟住她全身似的緊貼在她身後，並且用自己的手掌蓋住教官的手。

教官的臀部毫無間隙地緊壓在我的腰部，讓我有些心慌。

「呀！……小提真是的，突然從背後熊抱人家是怎麼了？沒想到你這麼大膽……」

「明……明明是妳叫我這麼做的！」

「嘻嘻~差點忘了。」

她先是這樣裝傻——

「我好像……玩得太過火了些……這個姿勢，比想像中還難為情……」

明明是她主動要求的，但實際上真的被人從背後抱住，好像還是會害臊。

「那……那我就放開嘍？」

「我……我不要！為了養小提，一定要讓你這樣教會我才行……可是，不可以突然變成禽獸喔，知道嗎？」

「我……我重申，教官用不著養我！而且我也不會變成禽獸！」

「誰曉得呢？小提同樣也是年輕男生。心中養著一頭野獸吧？」

「我沒有！」

「真的～？」

露出懷疑的淺笑，教官轉頭看向我。

「明明是個迷上這種老女人的怪男孩，心裡沒有獸性嗎？」

「沒……沒有啦！」

「哎，也對啦，因為小提很愛撒嬌嘛？當然沒有那種齜牙咧嘴的野獸嘛？」

「誰愛撒嬌啊！」

「可是只要我像這樣～看吧，表情明明就很高興嘛。擺明了就很愛撒嬌啊～好乖好乖～」

米亞教官撫摸著我的頭。

該不會我現在無意識中露出了喜悅的表情……？

「來嘛，愛撒嬌的提爾老師，回到正題教我怎麼打蛋嘛～？」

米亞教官再度轉身背對我，擺出等候指導的姿勢。

我受到她的玩弄而漸漸感到疲憊，在心中祈求教官快點恢復正常的同時，開始為教官上課。

「呃……哎，言歸正傳，打蛋真的沒什麼困難的。」

我挪動彼此交疊的手掌，讓教官的手握住蛋。將蛋輕敲在調理盆的邊緣處，成功讓蛋殼在清響聲中一分為二。

「哎呀，這麼簡單就辦到了。」

「一點也不難吧？」

「是啊，都是多虧提爾老師的指導。謝謝喔。」

她回過頭來對我拋出媚眼。緊接著短暫抱住我。

酒醉時的教官獨有的肢體接觸讓我有些飄飄然。

「哎呀？這對小提是不是太劇烈了些？」

「我……我不覺得劇烈就是了……」

「這個意思是在暗示我，要我做些更刺激的吧？呀～小提心術不正喔～」

教官雖然嘴巴上如此責備我，但同時正伸手想輕觸我的腿。看來醉態別說是消褪，反而更嚴重了。而我對此也只能逆來順受吧。

「提爾老師，接下來也請你多多指教嘍。」

於是，在這之後我們維持著兩人同穿一件大衣般的姿勢打蛋、攪拌，甚至開始煎蛋。

一直到最後，雖然模樣歪曲但算得上大功告成的歐姆蛋擺在我們眼前。

包含當作副菜的濃湯和沙拉都在緊貼狀態下完成，一直到將晚餐端到餐桌的階段我才重獲自由。我敢說這絕對比鍛鍊更累人。

「好不容易完成了……」

「呵呵～我和小提的愛情結晶正陳列在餐桌上呢！」

「可……可不可以不要用這種講法？」

「可是你明明暗爽在心裡吧？」

「才……才沒有……！」

「哎呀，臉紅通通的喔？呵呵～討厭啦，小提真是可愛。」

坐在身旁的教官醉態依舊，開始摸著我的頭。但我沒有絲毫反感。儘管我因為身為禁忌之子而沒有家人，但是能感受到愛情的這瞬間依舊寶貴。雖然我希望能體驗平常沒酒醉的教官這麼對我這麼做，但應該很困難吧。

「那麼，在涼掉之前趕緊吃掉吧～開動。」

教官如此說完開始用餐，我也跟著合掌後開動。

「雖然外觀不太好看，但自己做的感覺特別好吃呢。小提怎麼想？和艾爾莎的比起來，誰的比較好吃？」

「再怎麼說還是艾爾莎吧。」

「什……什麼嘛……這種時候稱讚一下也沒關係吧？」

「不過也因為這樣，我們的廚藝一定還有進步的空間。將來我們再一起多多練習料理吧？」

「將……將來也一起──？」

教官渾身倏地一震，隨即垂下視線。

「討……討厭啦……小提這句話來得太突然了啦。」

「啥？」

教官滿臉通紅。雖然像是因為我這句話而深受感動，但我說的話有那麼誇張嗎？

「這種毫無自覺的感覺更是……嗚嗚，既然讓我覺得害臊，小提也必須嚐嚐同樣的感受！」

「欸？」

突兀地宣言後，爛醉的教官露出不懷好意的笑容。

「來～張嘴～」

話才說完，她從自己的歐姆蛋切下一塊，遞到我的嘴邊。

──羞恥心的強迫推銷，或者是強迫共享。

她似乎打算用這招，讓我也體驗到同樣的害臊。

到底在想什麼啊，真是的……就是因為這樣，酒醉的教官我雖然不討厭，但是很難應付！不只言行舉止太過激進，為什麼能拋開羞恥心做出這種事啊？因為現在滿心只顧著要捉弄我，所以不覺得害臊嗎？

「是怎麼了呢～？我想要你早點吃掉耶～」

「咕……！」

如果我屈服於她，肯定會有一次羞人的體驗，但我也不想任憑讓教官餵食的機會平白失去。

因此我下定決心。我就屈服吧！恥辱只是一時。只要別在意就好了。

「我……我開動了……！」

作好覺悟張開嘴，我咬向插在叉子上的那塊歐姆蛋。

這瞬間，教官那狡猾的笑容似乎變得更不懷好意——

叉子倏地被抽回，歐姆蛋自我眼前消失，我的牙齒只咬到空氣。

「……咦？」

居然是假動作……！

我深受打擊的同時，教官像是再也忍不住似的笑了起來。

「小……小提真是的……呵呵……好像想搶飼料的鯉魚，好可愛～」

「鯉……鯉魚……？等一下，教官！這樣捉弄我，我還是會生氣的喔！」

「哼哼～小提要怎麼生氣都不可怕啊～不過，我也不想因為這樣讓你生氣，來，這

次是認真的。」

歐姆蛋再度遞到我面前。

我保持著戒心將臉湊近，確認教官不會瞬間抽手後才張開嘴。

緊接著，這次我終於成功吃到歐姆蛋，不禁為此歡喜。

要說是夜思夢想的嚮往情境也許太過誇張，但是教官的親手餵食真是太棒了！雖然不免還是有點害臊，不過喜悅更在那之上。

「唔……感覺起來小提好像不太害羞耶。這種對待是不是蜜糖成分過多了啊……」

教官說著，短暫露出思考中的表情。

「——啊。」

緊接著，那表情轉變為想到好點子似的不懷好意。

不好的預感——或者該說是莫名的寒意。

就在警覺心湧現的瞬間——

「啊嗯！」

坐在一旁的教官——突然間輕咬我的耳垂。

「——！」

短暫一瞬間，我無法理解現況而恍神。下個瞬間搞懂現況，超乎想像的羞恥心湧現。

「妳……妳在幹麼啦，教官……？」

「我想說這樣一來小提……應該就費害羞吧～而且看來應該成功嚕？」

教官以雙唇玩弄我的耳垂，同時滿足地說。不過——

「不過……這樣有點……也許是我比較難為情……」

雖然我不知道這能不能用聰明反被聰明誤來形容，不過看來她似乎是——自取滅亡了。

之後——恰巧就在吃完晚餐時，教官酒醒了。

「……奇怪？我到底是……」

在收拾餐具的過程中，我注意到教官的變化，我暫時打住收拾工作，來到坐在椅子上休息的教官身邊，為她端來一杯酒醒後的清水。

「教官，妳還好嗎？」

「啊，小提……我剛才在做什麼？該不會我睡著了？」

教官揉著眼角如此問我。她從以前就這樣，酒醉時的記憶會變得模糊不清。不過好像並非完全失去記憶，只要其他人提醒她就能回想起來，據說有時也會突然憶起爛醉時的所作所為。

因此她對醉酒的自己多麼糟糕有所自覺，平常總是滴酒不沾。

「不，教官沒有睡著。因為在作晚餐的過程中不小心喝了調理酒，之後的記憶變得不清楚而已。」

「——啊。」

因為我如此告知，教官似乎回憶起自己方才誤飲料理酒。臉頰因為羞臊而漸漸泛紅。

「……」

「……酒醉後的我是不是給小提帶來什麼麻煩了？」

「沒有，沒什麼事。所以教官用不著在意。」

我選擇避免詳實報告。

就算一五一十詳述，對教官而言也只是挑起不願回首的過去。

況且實際上我不覺得她對我帶來麻煩，應該無所謂吧。

「這樣啊？那就好了。」

教官完全放下心，鬆了口氣，如此呢喃後拿起我擺的玻璃杯飲水。

「呼……雖然這次好像平安無事，但我只要一喝酒馬上就會變得很奇怪。真的該更加小心才行……」

不知道醉後的詳細情形，應該是件幸福的事吧。

我心中這麼想著，繼續收拾餐具。

「話說回來，教官剛才說過要多給我一點自由，那到底是指什麼？」

「回答這問題之前先告訴我，艾爾莎來過了嗎？」

「沒有啊，她還沒來。」

「那就等艾爾莎到了再說明。」

話語聲才落定——叩叩的敲門聲便傳來。

敲門聲來自玄關大門……該不會就是艾爾莎吧？

「小提，可以去幫我應門嗎？」

我知道了——我點頭回答後往玄關移動，朝門的另一側問道。

「請問是哪位？」

「提爾將來的新娘。」

「請妳回去。」

嘴巴上雖然這麼說，但我還是打開門鎖，為那人開門。

果不其然，站在門前的就是艾爾莎，但是——

「妳……是在幹麼？」

不知為何，赤裸的她只穿著一件圍裙。我與她四目相對了半晌，但我放棄理解她的意圖，決定立刻關上門當作什麼也沒看見。

「為什麼關門？」

「……因為有可疑人物。」

「沒有你說的人物。這裡只有我一個人，希望你放心再次打開門。」

「我說的可疑人物就是妳！」

「不要鬧了，快開門。我去幫忙米亞辦事情，這種對待太過分了。」

「在胡鬧的是妳的打扮，好嗎？」

我這麼說著，再度幫她開門。理所當然，裸體圍裙打扮的艾爾莎再度闖進視野中，該說視線不知往哪擺嗎……？

「你對我這個打扮感到興奮？」

「先不談會不會興奮，我被妳嚇了一大跳。還有，不要一直甩動圍裙的下襬，感覺會走光。」

不只是起伏平緩的胸口若隱若現，擺明了什麼也沒穿的下半身也非常危險。

雖然想吐槽的話堆積如山，但我還是先讓她進了家門。

「果然是艾爾莎啊……話說妳這是什麼打扮？」

回到客廳的瞬間，教官見到艾爾莎，表情滿是傻眼。

艾爾莎得意地挺起那平緩的胸脯。

「這是為了誘惑提爾的招數（甩動）。」

「就叫妳不要甩了。」

我這麼說著，看向教官。

「無論如何，艾爾莎人也到了，包含教官對艾爾莎的請託，還有剛才教官說的要給我更多自由，可以拜託教官解釋了嗎？」

「嗯，沒有問題。」

「可以啊，我明白了——艾爾莎，看來我拜託妳的東西已經到手了吧。」

艾爾莎一直扛著一個長條狀的黑盒子。像是用來裝樂器的盒子。

艾爾莎將那盒子擺到教官面前。教官滿意地點頭。

「謝謝妳，艾爾莎。東西我確實收到了。這些是費用。」

米亞教官從皮包中取出成疊的紙鈔。

數量還不少。箱子中到底裝著什麼？

艾爾莎接過整疊紙鈔後，慢條斯理地點著數量。

「多了一些。」

「那就當作是跑腿費吧，多出來的份妳就收下，沒關係。」

「那我就不客氣了。能添增和提爾生兒育女的資金，我很高興。」

「我說妳啊，這種低級的話不要說出口。好歹也是女生吧？」

教官如此責備艾爾莎。雖然平常像這樣個性一板一眼，為什麼醉了就會變成那樣呢？這應該可以認定為世上三大不可思議之一吧。

我這麼想著的同時，艾爾莎對教官頂嘴：

「我只是說出真正的心情而已。這樣打扮也是為了表現對提爾的愛意。但是米亞最好不要模仿。老太婆打扮成這樣只會傷人眼睛。」

「哦，是喔……總之我就先向上級報告妳對長官的談吐不成體統。」

「別……別這樣。」

「想要我住手就快點把衣服穿好。」

要論理她當然不可能贏過教官，艾爾莎從手提包中取出衣物，不情不願地褪下圍裙開始穿衣。

「喂……為什麼當場開始換衣服啊？」

「對米亞最起碼的抵抗。」

「但是因此受害的為什麼是我啊！去更衣間啊！」

「你可以凝視我也沒關係。其實我想讓你看個清楚。掰開來直到體內深處——」

「——艾、爾、莎？妳給我適可而止喔？」

這時，教官發出威壓的喝止。大概是察覺已經沒有退路，艾爾莎不再捉弄我，趕緊將衣物穿上身。

在這之後，艾爾莎將故意不穿的黑絲襪留在我這邊當作最終的抵抗，最終依依不捨地離去。

「那孩子也真是的……小提，那條黑絲襪之後記得扔掉。」

「我知道了。」

話雖然這麼說，不過還是找機會還給她吧。直接丟掉實在有點浪費。

「這些先放一旁，艾爾莎拿來的那個黑箱子，裡面到底裝著什麼？」

「這個喔？是狙擊槍。」

「狙擊槍……？」

葬擊士基本上分為前鋒職和後衛職兩種。戰力主角是前鋒。後衛是欠缺身體能力的人所選的職務。雖然也有人主動選擇後衛，但那應該是少數吧。

這些先放一旁，狙擊槍是後衛時常使用的武器——

——為何米亞教官需要狙擊槍？教官明明是以銃劍戰鬥的前鋒人員。

「這把狙擊槍是我要送給小提的禮物。」

「……咦？」

「老實說，我原本想晚一點再給你，但是既然小提在這當下似乎已有足以擊倒伽列夏諾的實力，我想應該早一點給你比較好。」

「那教官說的要多給我一點自由，該不會就是指……」

「對。雖然到頭來要怎麼做由小提自己來決定，但是我目前推薦你以狙擊手的身分重返戰場。」

……我就知道。

不過這樣的建議同時也有一部分令我驚訝。這時教官繼續說道：

「小提說過要以完全復職為目標，意思就是要回到劍士的職位吧？」

「是的……當然是這樣。」

「那麼，為了達成目標你打算怎麼運用時間？就這樣一直單純鍛鍊下去？」

教官以教誨般的眼神看著我。

「我不認為持續單純的鍛鍊不好。但是，就這樣只集中於鍛鍊，我覺得很危險。」

「危險……是指太遠離實戰的意思？」

「就是這樣。專注於鍛鍊也無法培養實戰的感覺。如果你真的以恢復劍士職位為目標，我認為應該先以後衛的狙擊手身分重新參與實戰，避免忘記實戰的感覺，同一時間循序漸進地進行回歸前鋒的鍛鍊。」

「教官之前明明說要在管轄範圍內守候著我，居然會改變主意啊。既然要身為狙擊手參與實戰，就代表我會直接去接任務喔？」

「這我明白。我原本就打算當小提的實力恢復到一定程度之後，再給予你這樣的自由。在我的預料中，到我發出許可之前應該還要很長一段時間，但是你的實力衰減沒有我想像中嚴重。而且也贏過了伽列夏諾，換句話說要擔任狙擊手的職務已經十分充分。所以現在我給予你新的自由。」

「原來如此……」

我理解了教官的思路。雖然看似過度保護，但她似乎也為我設計了指引我完全恢復實力的計畫。令我深懷感激。

既然如此，我就接受這個安排吧。

曾經身為劍士的我，暫時以狙擊手身分復職——雖然我並非毫無怨言，但現在也無法選擇手段。確實只專注於鍛鍊無法培養實戰的直覺。

為了殲滅惡魔，更重要的是為了掃除教官的自責，我已經決定去做一切我所能做的，藉此取回過去的自己。

「教官，我明白了。我決定首先從狙擊手開始做起。」

「嗯，就這麼做吧。小提一定很快就能上手的——那麼，這個就正式贈送給你。」

教官打開了黑色的槍盒。裡頭裝著一把全新的漆黑狙擊槍。

「這個……不就是最新型的嗎？」

「是喔？我對狙擊槍不太懂，型號選擇都交給艾爾莎了。」

「不愧是現役的狙擊手，那傢伙選了一把好槍啊。」

針對惡魔對銀抵抗力低的弱點，還附送了一盒裝著銀彈的彈藥箱。

「教官，謝謝妳送我這麼好的槍。」

「別客氣，我也只能幫你這點忙而已。」

像是背負著看不見的重擔，教官的表情僵硬而緊繃。看來她仍然認為是她害我遠離前線，想必依舊為此自責吧。

因此我必須與這把狙擊槍一起提昇自己的實力。

我心中如此想著，緊握住狙擊槍，在心中誓言奮鬥。

幕間　米亞・塞繆爾的思慕Ⅰ

我——米亞・塞繆爾確定小提已經熟睡之後，在一名友人的邀情下來到一間寧靜的酒吧。

「不好意思在這時間約妳出來，我也知道米亞還有守護提爾的重大使命。」

一見面就這麼道歉的是邀我前來酒吧的友人——瑟伊迪・艾索托尼克。淡金色的頭髮在後頸處寬鬆地圈起，與其說可愛，用美型形容更合適的女性。她與我同年，今年二十六歲，職業也同樣是葬擊士。令人不甘心的是，她比我先結婚了。不過這不至於有損我們的友誼。

「用不著在意。我對小提已經不再過度保護了。」

「是這樣嗎？」

「是啊。小提目前以順利的步調朝著復職的目標前進。我也沒必要再整天顧著他，才會久違地接受瑟伊迪的邀約。」

哎，儘管接受了她的邀約來到酒吧，我連一滴酒也不能沾。

「提爾恢復得順利真令人高興。而且聽說提爾也完全沒有因為那件事而憎恨米亞。

真是溫柔。」

「但是，該說那孩子個性溫柔嗎……他好像太重視我了。正常來想，小提反過來憎恨我也不奇怪。但是他卻說什麼能保護我是他的榮幸……」

「我想提爾一定喜歡米亞喔。」

瑟伊迪捉弄般探頭盯著我的臉，我嘆息的同時坦白告訴她。

「……實際上，真的是這樣……問他為什麼替我擋下攻擊，他告訴我，因為我對他很重要才保護我。」

「喲～是這樣喔？那米亞怎麼回答他的？」

「……我告訴他，覺得我很重要實在太沒眼光了。」

「咦，為什麼？米亞應該也喜歡提爾吧？」

「這個嘛……」

雖然我沒有喝酒，卻清楚感覺到自己的臉頰倏地發燙。

「呵呵，米亞的反應真明顯。」

「少……少囉嗦……」

「有什麼關係？沒必要固執嘛。」

「我才沒有固執……」

「話說回來，米亞是從什麼時候喜歡上小提的？應該不是因為他挺身保護妳，才讓

妳動情吧？」

「……開始特別注意他，是很久以前的事了。」

過去身高比我矮的小提身影，突然掠過腦海。

「從教官時代？」

「嗯……在我負責的班級中，那孩子的努力程度沒有人比得上，每天放學後都留到很晚。班上有著各種年紀的孩子，他在所有人之中年紀最小，才十一歲而已喔。」

「禁忌之子原本就擁有超人般的身體能力，再加上每天鍛鍊到很晚？難怪他能短短一年就結束訓練所的課程，在十四歲時創下史上最年輕登上『七翼』位階的紀錄。」

「嗯……就在他每天都留到很晚的那時候，我出於好奇問他：小提為什麼要這麼努力呢？妳猜猜他怎麼回答？」

「嗯～他怎麼回答啊……別再賣關子了，請直接告訴我吧。快點。」

「妳知道嗎？小提他這樣告訴我：努力的理由是為了殲滅惡魔。」

「這種話……就愛作夢的小孩子來說，算是很普通的意見吧？」

「也許吧……不過小提緊接著這樣說——只要殲滅惡魔，將來我們這種存在就不會誕生了，能夠得到救贖。」

「原來如此。」瑟伊迪有所驚覺般回答。「提爾不是孩子氣地說出將來的夢想，是當作解決有關禁忌之子的所有問題的手段，是這個意思吧？」

「就是這樣。才十一歲的孩子喔，我嚇了一大跳。」

十一歲的我還在嬉戲玩耍的年紀。但是小提並非如此。

「小提在十一歲時已經有了明確的人生目標，為此來到訓練所。為了禁忌之子而想要殲滅惡魔——他並非孩子氣地誇口說大話，他說的時候非常冷靜。我那時覺得，他是個很聰明而且很大膽的孩子。當時的小提應該已經明白殲滅惡魔究竟多麼困難，但他還是這樣堅定地告訴我。從那樣的他身上感受到成熟的氣氛，加上當時還很嬌小的身體之間的反差，讓我一下子就被擊敗了……」

「呵呵，提爾真是罪孽深重的男孩呢。」

瑟伊迪流露洋溢慈愛的微笑，輕啜一口雞尾酒。

「那妳為什麼拒絕了提爾的好意？」

「這不是當然的嗎？因為是我……扭曲了小提的人生。」

雖然小提目前順利恢復中，但也無法保證能恢復原樣。

是我扭曲了他的人生……這樣的我，究竟有什麼資格接受小提的好意？

「我沒有資格喜歡小提，也沒有資格接受小提的好意。」

「根本沒有這回事。妳可以自由去做。」

「所以我自由去思考，得到了這樣的結論。我無法接受小提的好意。因為我自己無法允許。」

「但是……米亞已經好幾年來只注意提爾一個人了吧？我也從來沒聽過米亞任何戀愛方面的傳聞……儘管這樣，還要繼續忍耐自己的好感？」

「只要能守候著他，只要能扶持他的生活，這樣就夠了。我認為這樣就是我能做到的贖罪。」

雖然我最喜歡小提，但正因為我深深喜歡著他，絕對不能對他出手。

因為現在的我肯定沒有那樣的資格。

「就這樣了，雖然時間也許還不算晚，今天我露個臉就要回去了。」

「嗯，我知道了……米亞，請不要太鑽牛角尖喔。」

點頭回應那句話，我決定回到心愛的那孩子身旁。

——絕對沒有資格觸碰的，有如玻璃般的王子身旁。

第四章　被玩弄的一整天

——收下狙擊槍的隔天早上。

「那我要出門工作了。如果你打算接任務，一定要充分注意安全喔。」

「好的。教官也要小心喔。」

身為幫傭的我送米亞教官出門工作後，先完成洗衣與清掃等工作，之後離開教官家，前往葬擊士協會帝都中央分局。得到狙擊槍的同時我也取得了新的自由，我想馬上接任務小試身手。

「這個嘛，你是自由葬擊士，能為你介紹的任務大概就這些吧。」

在分局的櫃檯，我請對方將目前可接下的狩獵惡魔任務一覽給我看。

現在為我翻閱任務資料的是櫃檯小姐中的其中一位，名叫瑟伊迪·艾索托尼克，這個人與教官同屆，也是熟識的友人。我和她算是點頭之交。

「話說回來，提爾這麼快就要重操舊業了啊？我嚇了一跳。」

「我不想稱呼這為重操舊業。這是為了重回前線的復健喔。」

沒錯，是復健。現在扛在我肩上的狙擊槍，只不過是復健用的道具。為了不忘記實戰的感覺而擔任狙擊手參與任務。就這麼單純。

「一個人執行任務？」

「我想一個人就很充分了，不過……」

我向自己身後瞄了一眼，夏洛涅與艾爾莎的身影就在該處。我剛才和她們不期而遇，她們堅持如果我要去執行任務，她們也要擔任助手一起去，這情況看來應該會三人同行吧。

「今天分局沒有指派工作給那兩個人嗎？她們和我不同，不是自由身分吧？」

「今天的夏洛和艾爾都是分局待命人員。為了預防突發狀況。」

「既然這樣應該不能跑來跟著我復健吧……」

「哎，分局待命實質上就是休假。突發狀況幾乎不會發生。太明顯的偷懶雖然違反規定，只是一同到附近執行任務的話沒問題喔。」

「是這樣喔？」

「就是這樣。話說你要選那個任務？」

「那就選帝都近郊的這個。」

「了解了。請在此處簽名。」

從瑟伊迪小姐手中接過筆，我留下簽名。

「提爾，我問你喔。你會想和米亞接吻嗎？」

「——噗！……為……為什麼突然問這個……？」

「因為提爾喜歡米亞吧？所以才挺身保護她吧？」

「呃，是沒錯啦……」

「可是米亞卻不願意接受提爾的好意，是吧？」

「……妳為什麼知道？教官和妳聊了什麼嗎？」

「稍微聊了一些。哎，這不重要，米亞現在非常頑固。她似乎將提爾遠離獵殺惡魔的前線的責任全攬到自己身上。而且還將守候著提爾且不接受你的心意當作是贖罪。」

「如果真的是這樣，我只能繼續努力取回過去的自己。如果我想要走進教官心中，那應該就是最短的捷徑。」

與她如此交談的同時，我簽好名字，正式完成接下討伐任務的手續。

我走離瑟伊迪小姐，與夏洛涅和艾爾莎會合。

「……真的要一起來？」

「這是當然的吧！怎麼可以放現在的提爾自己一個人去執行任務啊！」

夏洛涅如此說著，同時飲用成長促進牛奶，八成是在分局內的商店購買的吧。

「身為狙擊手的前輩，我會手把手，腰對腰，進行緊密接觸的指導。」

艾爾莎則是口中說著莫名煽情的字眼。兩人似乎都充滿了幹勁。雖然不違反規定，但是就任務內容而言帶這些傢伙也去，肯定算是殺雞用牛刀吧。

「千萬不要搶走我的獵物喔？這畢竟是我的復健。要是妳們兩個隨便插手，那就要懲罰妳們獻出重視的東西喔？」

「我……我可不會把牛奶輕易交給你！」

「那夏洛涅的懲罰就選牛奶嘍？艾爾莎要是插手，要給我什麼重要的東西？」

「提爾的內褲收藏。」

「現在就還我。」

於是我扛著狙擊槍，帶著這兩個人出發前往復健。

直接從結論講起，討伐任務轉瞬間就結束了。出現在帝都近郊的下級惡魔全部共四隻，所有目標都被我用狙擊槍射穿了。當然夏洛涅與艾爾莎也沒有機會出場，我們早早就踏上了歸途。

「提爾以前練過狙擊槍？全部都打中，沒有一發打歪耶？」

「只有在訓練所的實技訓練中稍微摸過。」

我對走在身旁的夏洛涅回答。

「只靠那麼久的經驗也能打得那麼準，該說不愧是提爾吧？」

「我這個專業狙擊手都顏面盡失了。」

艾爾莎有些不服氣地嘀咕著。

「負起責任和我結婚。」

「我才不要。」

「那就和我生孩子。」

「為什麼會跳到那一步……」

拜託思路不要那麼飛躍。

不久後我們抵達葬擊士帝都中央分局，為了報告任務已經達成。

「瑟伊迪小姐，我們回來了。」

「回來得可真早。該說不愧是提爾嗎？就算沒辦法重回劍士職位，就這樣繼續當狙擊手也能大展身手吧？」

「請別說笑了。和能不能活躍無關，我一定要取回身為劍士的實力。不只是為了親手殲滅惡魔，更是為了消除教官的自責。」

「真是努力的好孩子啊。要是我還未婚，就會喜歡上提爾了。」

「那個……請不要開我玩笑。」

「但這是真心話喔，雖然沒辦法大聲說出口。」

要是妳大聲嚷嚷這種話，我也會很傷腦筋，請千萬別這樣。

「哎，言歸正傳。請提爾一定要好好加油喔。我也會聲援你的。」

「是的，非常謝謝妳，瑟伊迪小姐。」

隔天。說自己今天休假的米亞教官正享受著晨間咖啡時，我正在教官家的庭院中做基礎鍛鍊。

我借用了教官自備的槓鈴，嘗試強化上半身肌力的同時，也不忘記折磨下半身。

「加油啊！提爾！腰要壓得更低一點！沒錯，就像這樣！」

愛管閒事的金髮蘿莉夏洛涅不知為何也在場。

她自稱利用任務開始前的空檔時間來看看我的狀況。

「非常好！暫時休息！」

「為什麼是妳發號施令……」

「又不會怎樣。別抱怨了，牛奶給你。骨骼也要鍛鍊才行。」

夏洛涅說著，將瓶裝牛奶遞給我。

「牛奶要給我是沒關係，不過妳自己有沒有乖乖喝牛奶？」

「當然有啊。我每天都有喝。所以你看，我在有成長吧？」

夏洛涅挺起胸膛如此說道。

「哎，和以前比起來也許真的有點成長。」

和早春時相比似乎長高了一些。話雖如此體格還是相當嬌小。

「有吧有吧？哼哼~之後還會長得更大喔！」

我希望她的身高至少能成長到和我的肩膀同高。和夏洛涅一起走在路上，有時候會被人誤會是戀童癖，單純令我困擾。

「我今年成長得特別順利喔，這樣下去要超過八十公分也不是夢想。」

「八十公分？早就超過這個程度了吧？」

夏洛涅的身高大概是一百四十又多一點。

「咦……還……還沒有超過啦。現在差不多才六十五公分左右而已……」

什麼意思……指的是座高嗎？這樣的話——

「我覺得那個數值低一點比較好吧。八十公分太誇張。如果現況大概六十五左右的話，維持現狀才是最好的吧？哎，要是自然發育成那樣也沒辦法就是了。」

「咦……提……提爾比較喜歡小一點的……？」

「不是喜歡不喜歡的問題，本來就不能太誇張吧？」

座高特別高也不值得高興嘛。

「是……是喔？提爾喜歡小一點的喔……也許我應該維持現狀……」

夏洛涅臉頰微微發紅，不知為何伸手摩娑自己的胸口。

唯獨那胸部實在再稍微發育一些會比較好喔。我心中想著的時候——

「小提和小夏站在一起好像兄妹一樣很相配呢。看了感覺好溫馨。」

教官來到此處。因為今天休假，她穿著白色毛線衣搭配沒有開衩的長裙，頭髮也沒

有束起，一副與年紀相符，氣氛沉穩的打扮。

「唔……好大。」

夏洛涅看了教官的胸口，嘟起了嘴。

「我想小夏也很快就會變大喔。」

「……妳沒有用那對胸部誘惑提爾吧？」

「我沒有，妳大可放心。還有喔，思考馬上就轉到那種方向上，就是艾爾莎化的徵兆，自己多注意喔？」

「我……我不想和變成那種傢伙的同類，我會注意的！」

艾爾莎似乎被當成洪水猛獸，不過應該是她自作自受吧。

「這先不提了，小夏趕得上任務時間嗎？」

「啊，我差不多該走了。」

「歡迎之後再來喔。」

「好的！照顧提爾也許很費心，還請多多擔待！」

夏洛涅清楚說完，馬上就攬起行李離開。

「小夏真的好棒啊。」

教官似乎相當中意夏洛涅。

「彷彿小提的監護人的那種可愛態度，真的很教人憐愛呢。」

「在我看來是個自以為是監護人的十四歲小不點。」

「十四歲真讓人羨慕。比我年輕了十二歲耶。」

「教官也還不會輸給別人。我覺得比任何人都漂亮喔。」

「又在說這種話……我不是說過，不要執著於我嗎？」

「我不會放棄。因為我喜歡教官啊。」

雖然我認真地坦白心意，但教官只是露出為難的表情。

「……我這種人，到底哪裡好？」

「全部。教官把自己的價值看得太低了。」

「只是外觀看上去不錯而已，該從幻想中醒來了吧？家裡面凌亂不堪，連一道菜也不會做。現在小提也該明白，這才是真正的我了吧？」

「就連這些，我都覺得很有魅力。」

並非十全完美，因為有這些缺點，讓教官看起來更加耀眼。

「但是，可不要忘記我還有一個最嚴重的缺點喔？」

「……咦？」

「我會讓你不幸。所以你不可以過度執著於我。」

她語氣溫柔地說得像是開導般。我原本想與她爭論，但想到也許會壞了她的心情，最後沒辦法多說什麼。

教官走回室內。

雖然再次體認到要攻略教官相當困難，但我不會放棄。相信只要恢復過往的實力，掃除她心中所有內疚，她一定會願意接受我，於是我繼續專注於鍛鍊。

「訓練結束了？」

不久後我為了休息回到房內，教官啜飲著咖啡，同時以一如往常的態度對我問道。我在表面上也裝作不再介意。

「還沒，只是休息一下。有事嗎？」

「有個地方接下來想和你一起去。」

「要出門？」

「對，我想去買晚禮服。」

晚禮服？為什麼？

「其實啊，今天夜裡在城堡有場晚宴。葬擊士協會的大人物都會到場。」

城堡指的就是皇室居住的皇城吧。鎮坐於這座帝都中央的巨大建築，擁有數座尖塔的璀璨之城。而在今夜，葬擊士協會的大人物齊聚一堂的晚宴將在該處召開。教官也接到邀請了嗎？

「在那場晚宴上，好像要舉行前些日子成功討伐阿迦里亞瑞普特的表彰典禮，我會身為討伐隊的代表上臺。」

「原來是這樣啊。」

「順帶一提，上頭要我邀請小提一起去。」

「咦？」

「當然的吧？因為小提重創了那惡魔，才有那次勝利。除了我代表上臺之外，小提好像會另外獲贈殊勳勳章」

「真的？」

「我從不說謊。」

酒醉時的教官另當別論，平常的教官絕不會說謊，所以應該是真的吧。

「所以說，我們去買適合參加晚上的表彰典禮的正式服裝吧？」

教官這麼說，於是我和教官一同造訪販賣禮服的店家。

店內陳列著形形色色的禮服。

「小提覺得哪件比較適合？」

首先由教官挑選晚禮服，她如此詢問我的意見。

現在教官左右手各拿著一件禮服，其一是展現成熟女性穩重氣質的黑色連身長裙，另一件則是凸顯女性身材曲線的豔紅魚尾裙。其他似乎還有不少令她好奇的禮服，於是便隨手將選項中的禮服帶進試穿室。

「我覺得教官穿什麼都合適就是了。」

「該怎麼說，我現在不需要那種標準式的回答……我希望小提告訴我，你覺得最好的那件。」

「妳這樣說我也……我完全沒有穿搭的品味。一旦讓我選，結果只會符合我的喜好喔。」

「對，那才是我要的答案。我希望小提誠實回答你的喜好。」

「那可以請教官兩件都試穿看看嗎？雖然妳拿在手上，但我這樣看不出個頭緒。」

「我本來就是這麼打算。那我就開始更衣吧。」

教官走進了試穿室。拉簾唰的一聲拉上後，我在外靜候。

裡頭傳來布料摩擦的聲音，讓我有些坐立難安。在這片拉簾的另一頭，教官現在正在更衣。雖然忍不住湧現奇怪的想像，但我甩頭擺脫邪念。

就在這時，拉簾比我想像的更早拉開，換上黑連身裙晚禮服的教官現身。

「────」

我失去言語。太美了。雖然裸露程度不算太劇烈，但因為那曼妙的身材反而透出幾分服裝設計意圖之外的香豔。原本的裙襬長度應該是到膝蓋，但因為教官的腿格外修長，大腿在裙襬下緣若隱若現，引人遐想。

「怎麼樣？」

「我覺得……很好啊。那個，其他的我也想看。」

「那你稍微等我一下喔。」

留下掩不住喜色的一句話，拉簾再度唰的一聲拉上。

之後又過了一小段時間，眼前的拉簾再度搖曳。

「那……那個……小提……」

但拉簾並非倏地拉開，只有教官的臉從拉簾後方探出。

眼眶中似乎噙著淚水，似乎不知所措。

「怎麼了嗎？」

「那個……背後的拉鍊拉不上來……」

「呃。」

「感覺很受打擊啊……我原本以為我應該沒胖到穿不下這件。」

因為尺寸不合而失落的教官也有其可愛之處，但也不能讓她一直擺著這張憂愁的表情，我純粹出自沒有任何歹念的善意向她提議。

「那個……那我來幫忙拉吧？」

「意思是……小提要幫忙拉拉鍊？」

聽我這麼說，教官似乎有些困惑。

「不過，嗯……因為這種事叫店員來也很丟人……那就請你幫忙吧？雖然應該有點

傷眼睛。」

教官似乎心意已決，她拉開拉簾，轉身將背部展露在我面前。

「……！」

目睹那片她自稱拉不動拉鍊的背影，我不由得目瞪口呆。吃驚的理由很單純。因為拉鍊卡住的位置比想像中更低。

豔紅的魚尾裙晚禮服。緊身裙後方的拉鍊是從臀部上緣向上拉的那一種，而那條拉鍊完全敞開，教官的背部在我眼前可說一覽無遺。而且不只是背部，臀部的深溝上緣也映入眼中……為什麼能看見臀部？沒穿內褲？是為了避免內褲的輪廓線浮現？

「不好意思，很傷眼睛吧？」

「不……不會……應該說是大飽眼福……」

我在說什麼鬼話。少廢話了，把拉鍊拉起來。拉就對了。

「那……那我要動手嘍。給我動啊……」

我抓住拉鍊，想往上拉。但是拉鍊頭卻遲遲不攀升。

「……我變胖了嗎……？」

「不，我想問題不在這裡……」

原因恐怕並非出在教官的腰圍，而是因為那豐盈圓潤的美豔臀部吧？

「教官，能用力縮緊屁股嗎？」

「咦？」

「我想問題應該出在屁股。」

「意思是……我的屁股大過頭了？」

「不……不是這意思！這屁股本身非常好！我很喜歡！但是這件該死的晚禮服似乎堅決不願意接納教官的屁股……！」

我又在講什麼鬼話。

「我……我明白了！總而言之，只要使勁縮緊屁股就可以了？」

「拜託了！」

「呃，那……像這樣行不行？」

哦，臀部稍微縮緊了。拉鍊也顯得沒那麼緊繃，現在一定能過關。

「要上嘍，教官。」

我開始拉動拉鍊。很好，爬升非常順利。臀部已經完全隱沒在布料底下，也通過了背部的途中。只要順勢一口氣拉到頂就大功告成。

「嗯，看來應該沒問題？那我就放鬆收緊屁股的力氣嘍。」

米亞教官說完便放鬆了力氣。

就在下一個瞬間。

——啪哩。

「嗯……？」

聽見不祥的聲響，我停止了拉動拉鍊的動作。

教官也跟著短促驚呼，像是驚覺發生了何種糟糕狀況，一動也不動。

我戰戰兢兢地將視線往下挪，注視剛才傳出聲響的臀部一帶。

於是——

「……這……」

渾圓的蜜桃裸露在眼前。

若口無遮攔地描述，臀部的布料破裂使得教官的臀部完全暴露在外。

「…………」

「…………」

我和教官沉默了好半晌。

不久後，教官像是絞盡了力氣才說出話。

「總之……這件得買下來才行。」

「……我想也是。」

「我有點害怕繼續試穿下去了，想說乾脆就買最初穿的那件黑色禮服，怎麼樣？」

「很好啊。那件也很合適，而且也符合我的喜好。」

「那……就這麼辦吧。」

於是教官的禮服就這麼決定了。

之後教官開始選我的正裝。

教官為我選了幾件普通樣式的無尾禮服，而我一一試穿。

「哎呀，很帥氣喔。不愧是小提，黑色很相襯。顏色上也有搭配到我的禮服，乾脆直接挑這件吧？」

「有搭配到……的確如此。那就決定買這件了。我去結帳。」

我換回外出服，為了付帳而走到櫃檯。

「不用，這件禮服剛才塞繆爾小姐已經付款了。」

「咦？」

我過頭去，與教官四目相對。教官若無其事般站在該處。

「小提，怎麼了？」

「不是……這還用問嗎？教官為什麼付錢了……？」

「這是送你的禮物。」

「該不會這也是贖罪的一部分？」

「也算是吧。」

「太鑽牛角尖了……我沒有要求到這種程度。」

「不過最重要的理由還是，這件晚禮服和小提很相配，讓我想送給你。」

所以請你收下──教官平靜地說道。

真是不公平。我這麼想著。絕對不接受我對她的好意，卻又將晚禮服和狙擊槍像這樣單方面塞給我。

但是，我知道這種強迫源自於對我的關懷，因此我還是忍不住為此欣喜，實在無法拒絕收下這些品項。

「教官，真的很謝謝妳……可是，已經很夠了。」

「我明白了。如果小提不喜歡，我以後不會這麼做了。」

如果可以的話，包含拒絕我的好意這部分也想請她停止，但這恐怕還辦不到，於是我什麼也不說。

於是，我們順利取得了出席正式場合用的禮服。

──日落後，夜裡。

我和教官步行來到皇室的城堡。晚宴的會場設在城堡內部的寬敞大廳。閃耀的吊燈優雅地照亮整座大廳，站在牆邊的宮廷樂團提供現場演奏，柔和的樂曲響徹會場中。葬擊士協會的大人物與知名貴族也以來賓身分一一到場，會場內的密度漸漸攀昇。

最後在晚宴的開始時刻即將到來時，周遭的人們同時垂下頭。

皇帝陛下自皇室專用通道的大門大駕光臨。

艾斯提爾德帝國第四十三代皇帝，艾拉巴斯．傑諾西亞．夏庫拉塔陛下。

色素已失的白髮雖然略顯老態，但魁梧健壯的身體實在不像已經年過五十，姿態也筆挺昂揚。留著鬍子的容貌威風凜凜，洋溢著人類領域最大國家的統治者應有的氣質。我也如同教官與旁人般，垂首行禮。

在眾人的敬意之中，陛下在臺上的座位就座，晚宴終於正式開幕。宮廷樂團的演奏暫且打住，阿迦里亞瑞普特討伐隊的表彰典禮開始了。

「討伐隊代表與殊勳葬擊士，上臺！」

「「是！」」

在擔任司儀的皇室的輔佐官指示下，我與教官應聲後走上臺。

居然是由艾拉巴斯皇帝陛下親自為我們表彰，可謂光榮之至。

首先是教官向前一步，她身為阿迦里亞瑞普特討伐隊的現場指揮官兼受勳代表，領取了阿迦里亞瑞普特討伐勳章的勛表與獎狀。

緊接著輪到我，我移動至皇帝陛下面前。

「提爾．弗德奧特。」

「是！」

「本次你為討伐極星一三將軍阿迦里亞瑞普盡心盡力，樹立莫大武功，在此以夏庫拉塔皇室之名予以表彰。」

「榮幸之至。」

「再加上，於該戰場上挺身守護米亞·塞繆爾的勇氣，以及儘管失去原本力量，卻仍不放棄重回戰場的鬥志，老夫個人也想表示最高的榮譽。」

艾拉巴斯陛下如此說著，親手將殊勳章的勛表別在我的胸口。

「老夫不認為你這等的男人，會就此結束征途。老夫深切期許並祈禱你能為了我國，同時更是為了消滅暴虐之徒的惡魔，以及大魔王路西法，務必重返戰場再度施展那份力量。好好努力吧。」

「是，陛下。」

突然之間，會場內充斥著拍手聲。在那響亮的拍手聲包圍中，我和教官走下臺。

在這之後，表彰典禮告終，在皇帝陛下的晚宴致詞，葬擊士協會會長致詞後，嚴肅的時間終於告一段落。

宮廷樂團再度奏響音樂，宮廷僕人將無數的餐點送進大廳，享受餐點與談話的時間到來了。

「呼，平安結束真是太好了。緊張一放鬆馬上就覺得餓了，」

身穿那襲黑色連身晚禮服的教官放鬆了緊繃的表情，如此說道。

「——塞繆爾。」

就在這時。聽見呼喚教官的聲音從一旁傳來，轉頭一看發現那正是艾拉巴斯陛下。

言詞與舉止在臺上不同，平常感覺較有親近感。

「再次向妳致意，感謝妳與弗德奧特一同參加典禮。」

「不會，這是我的榮幸。」

艾拉巴斯陛下身後跟著數名高官。高官之中一名戴眼鏡的男人，不知為何一直瞪著我。到底是怎麼回事？感覺不太好。

「話說回來，塞繆爾。之前那個提議妳願意接受嗎？」

艾拉巴斯陛下對教官如此問道。提議究竟是指什麼？

「邀請妳加入『圓桌』的提議，老夫認為條件應該相當不錯。」

——邀請教官加入「圓桌」……？

「塞繆爾，妳應該也知道，『圓桌』是從『七翼』位階的葬擊士之中再挑選出實力更加出類拔萃的十數名精銳組成的特殊部隊。每位隊員都擁有一騎當千之上的實力，有他們參與的戰場都必然奪得勝利。名符其實是眾多葬擊士的至高頂點。」

「是的，當然我也十分明白。因為那之前是小提所屬的部隊。」

「弗德奧特以史上最年輕的紀錄登上序列第一的寶座——『第一騎士』，堪稱史無前例的強者。要是沒有發生那次事件，想必至今依舊盤據在那至高之處吧。」

……苦澀的記憶殘渣受到刺激。那並非我願意主動喚醒的記憶。

「哎，這先不提……塞繆爾，雖然之前也提過，我們希望邀請妳參加『圓桌』。我們看中妳的領導魅力。雖然『圓桌』是最強的精銳部隊，但也因此有許多隊員個性獨具而難以駕馭。就這一點而言，妳受到許多人物的信賴，指揮官經驗也十分豐富。也有擔任教官帶領班級的經驗吧。雖然妳的位階是『六翼』，但就統率這方面有著突出的才能。那正是現在『圓桌』欠缺之物。因此希望妳能參與。」

原來如此……簡單說就是看重教官身為指揮官的能力，有如跳級般特例邀請她入隊吧？因為我之前就覺得她遲早會接到邀約，這應該值得高興吧。

雖然我這麼認為——

「陛下，請恕我冒犯，我還是無法接受這個邀約。」

教官歷經沉思，最後口中說出如此結論。

我大吃一驚。教官居然拒絕了堪稱葬擊士最高榮譽的「圓桌」入隊邀請。

「這樣啊……老夫可以詢問妳得到如此結論的理由嗎？」

「我不願意受到束縛。『圓桌』的確是充滿魅力的組織，但是加入組織想必會失去現在能這樣維持一定自由的生活。自由身分還是最適合我。」

況且——教官話鋒一轉，視線一瞬間駐足於我身上。

「我想在近距離守候著他……小提。正因為發生了那件事，我現在不應該將注意力從他身上挪開，也不願意這麼做。一旦加入『圓桌』受到束縛，就連這件事都會難以實現。」

「原因就在此？」

「是的……如此無禮的行徑被視作侮辱也無以反駁，但懇請陛下能夠諒解。」

「不會，無所謂。」

陛下面露寬容的表情。

「塞繆爾的理由，老夫明白了。也許有人聽了會認為，因為那點程度的理由就拒絕簡直愚蠢，但老夫不這麼想。為了弗德奧特而選擇辭退的關懷之心，想必就是妳的人望的根本來源。既然我們追求的就是那份人望，自然也無法批評妳的精神。」

「陛下的體恤，感謝之至。」

教官畢恭畢敬地垂下頭，隨後戰戰兢兢地提議道：

「明知失禮，但如果允許我提出建議的話……與其邀請我這種人，當小提有朝一日恢復原本實力後，可以請陛下准許他再度加入『圓桌』嗎？」

教官……

「唔嗯，讓弗德奧特重新入隊啊……也對。那是一次不幸的事故。差不多也該解開心結，對他重新加入的抗拒感也該消失了吧。唔嗯，老夫明白了。在弗德奧特完全恢復之時，會考慮讓他重新加入『圓桌』。」

「非常感謝陛下。」

米亞教官再度垂下頭……這個人究竟有多麼為我著想？真令人傷腦筋。太高估對方

的人，應該是妳吧？

「——請稍等，陛下！」

就在這時，某個人扯開嗓門大聲說。聲音來自跟隨在艾拉巴斯陛下身後的高官，剛才一直瞪著我的眼鏡男。

「究竟是為何！陛下為何要如此優待弗德奧特！」

「弗德奧特是近年來最強的葬擊士。無疑是應當優待的人才。」

「但是那男人可是禁忌之子！他是不知被哪隻惡魔抓走的母體生下的可憎存在，而非——」

「就算流著惡魔之血，只要選擇身為人而活，那就是人類。」

「可是……」

他打斷含糊的話語，將話鋒轉向教官。

「塞繆爾小姐，妳也同樣莫名其妙！居然為了那邊那個紅眼而回絕『圓桌』的邀請，簡直腦袋不正常！請不要讓我太失望！雖然妳是最棒的女性，但是唯獨優待弗德奧特這一點實在令人遺憾！」

我才想這傢伙從剛才就一直瞪著我……

「你是怎麼回事？你真的理解你剛才說的話有多麼失禮嗎？」

教官毫不掩飾不快地如此回應，高官臉上表情更顯憤怒。

「少囉嗦！陛下和妳同樣都沒眼光！禁忌之子哪有什麼人權可言！」

如此斷言後，他伸展雙臂像是要示意這整座會場。

「看清楚了！這場晚會的參加者之中只有你是禁忌之子啊，弗德奧特！睜著那雙人人忌諱厭惡的紅眼，步入這個高貴的空間，簡直罪大惡極！忝不知恥！」

原來如此……這傢伙是人類至上主義者吧。

情緒失控的高官令會場上騷聲四起。於現在這個時代，對禁忌之子的歧視不若過去那般激烈，以排除禁忌之子為主旨的人類至上主義者已經是形同化石的存在。這些麻煩傢伙已被時代拋在後頭，只有聲音特別響亮。居然連政府高官之中也藏有這種人。

儘管冰冷的視線齊聚一身，但那個眼鏡高官一點也不在乎眾人的眼光，好像反倒認為那是對自己的支持，高歌般繼續對我怒罵道：

「聽好了，弗德奧特！你根本沒有資格享受優渥待遇！既然已經派不上用場了，就快點從大眾面前消失！非常礙眼啊！你這——」

戴眼鏡的高官還在嘶吼著，但我的注意力已經自那話聲挪開。不是因為高官講的話對我無關緊要。不對。並非如此。是因為我察覺到有東西正在接近，注意力已經轉向該處。

「——傳令！」

就在這時，負責警衛的「聖騎士庭院」的其中一名隊員，慌慌張張地衝進眾人正享

受美食與談話的晚宴會場。他來到艾拉巴斯陛下面前單膝下跪，緊接著開口說道：

「有報告希望陛下能即刻知曉！」

「說吧。」

「是！『奇數翅種(Odd Number)』的惡魔出現在帝都近郊的西南區上空處！」

當隊員的報告聲響徹晚宴會場的瞬間，晚宴會場的騷動聲變得更加嘈雜。

「原來如此。已知詳情如何？」

「已確認奇數翅種擁有七片翅膀！應是俗稱『轟炸魔』的種類！」

惡魔大致上能以翅膀的數量為奇數或偶數作分類。

其中翅膀數量為奇數的惡魔，與生俱來就持有獨特的能力。

報告提及的七片翅膀的惡魔「轟炸魔」，身上無數鱗片每一片都擁有等同於炸彈的性質，不時有人目擊這種惡魔從上空處灑落鱗片燒燬村莊，可說是特性凶惡的奇數翅種惡魔。若報告屬實，絕不能置之不理。

「迎擊隊已經出動了吧？」

「雖然已經出動，但因為惡魔還在狙擊部隊的迎擊射程圈之外……」

「不過，迎擊射程圈就等同於帝都的外圍吧？即使是外圍區域，也不能放任擁有轟炸能力的『轟炸魔』入侵帝都。」

聽艾拉巴斯陛下如此說道，我提出一項建言。

「陛下，可以將超長距離用的狙擊槍借我一用嗎？」

「弗德奧特，你想強出鋒頭嗎！」

「我想現在不是講這種話的時候吧？」

「咕……！」

戴眼鏡的高官無可反駁。陛下緩緩點頭。

「好吧。就交給你了。雖難以操控，但你一定能駕馭吧。」

這句話出口後沒多久，超長距離用的狙擊槍便在最短時間內交到我手上。我衝出了會場。

「別以為你能辦到。」

戴眼鏡的高官朝著我的背影拋出這句話，但我不理會，向前奔跑。

因為超長距離用的狙擊槍犧牲了命中率以提昇射程，因此在目標附近架槍——就這次狀況而言，位在帝都外圍地區的迎擊部隊絕對不會部署這種武器。為了準確擊墜進入防衛圈之目標，他們最注重的是精準度，因此不會特地採用這種命中率低落的武器。

但這次就是重視命中率的方針導致當下的窘境，因此由我從大後方狙擊。

我沿著晚宴會場外面的階梯向上衝，朝著沒有遮蔽物的上方一股腦奔馳。

就在過程中，當我來到階梯途中的樓梯間，樓梯間的門從內側被推開，數名男人為了阻擋我的去路而衝了出來。

「——別想立下功勞，紅眼！」

這傢伙們是什麼來歷……？人類至上主義者？那個高官的手下？

可惡……比起帝都的安危，阻撓我還比較重要嗎？

「少礙事，閃開！現在不是幹這種事的時候——」

「禁忌之子沒資格講話！乖乖在這裡躺平吧！」

打斷我的話，其中一人率先衝了上來，下一個瞬間我一腳反將他踹倒。目睹那人撞上樓梯間的欄杆而昏迷，這群傢伙發出驚呼聲。

「你……你這傢伙……不是變弱了嗎……！」

「現在的我要應付你們這群傢伙也不成問題。明知如此還要礙事，就給我作好覺悟喔？」

「你這……！少囂張了！」

男人們如此喊著衝上前來，我收拾掉他們，繼續朝著屋頂奔馳。

不久後，我抵達屋頂上，對準情報中「轟炸魔」出現的帝都郊外的西南區上空處架起狙擊槍，凝視狙擊鏡。

——這瞬間，我感覺到背後有動靜而轉身。

我看見「聖騎士庭院」的隊員就站在身後不遠處。什麼嘛，嚇到我了……在我鬆了口氣的同時，這個人為什麼會出現在這裡？這般疑問立刻湧現。

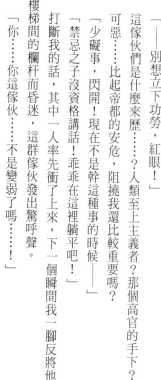

「請問有事嗎？」
所以我開口詢問，但他毫不回答。
「——小提！提高警覺！」
就在這時，教官的聲音突然響起。
這時教官剛好沿著樓梯衝上頂樓。大概是追逐逕自行動的我而來吧。
不過更重要的是，她要我提高警覺——究竟是指……？
就在我這麼想的瞬間。
教官撩起黑色連身晚禮服裙襬，自綁在大腿側的槍套拔出小型手槍，將槍口對準「聖騎士庭院」的隊員。接著立刻扣下扳機。槍聲連續響起，在隊員全身上下開出空洞。
「教官，妳——」
「小提，你看清楚！」
聽她厲聲指示，我再度看向那名隊員。只見隊員的身體像是變身解除般漸漸改變形狀——不久後就變形為一隻惡魔。看著遭到教官遭到射殺而化作屍體的那玩意，我瞪大了眼睛。
「……這該不會是『擬態魔』……？」
「沒錯，擁有擬態能力的奇數翅種的惡魔。除了人類至上主義者之外，似乎連這種傢伙都潛入城裡了。也許是為了讓『轟炸魔』成功突襲的內應。」

「教官……居然能識破啊。」

「這個嘛，因為我只有經驗比小提豐富。」

教官雖然說得若無其事，但是要識破「擬態魔」的擬態絕非易事。教官果真了不起，我再次對她感到敬佩。

「好了，小提。接下來輪到你嘍？漂亮地射穿敵人吧。」

「是的——我明白了。」

儘管佩服，我切換思緒。再度凝視狙擊鏡，望向帝都郊外西南區的上空處。因為很快就在該處發現「轟炸魔」，我立刻就——扣下扳機。

將風速、風向、重力、角度以及其他各項條件列入考量，彈著點的計算已在轉瞬間完成。因此下一個瞬間「轟炸魔」的頭部開了個大洞，失去性命而墜落的模樣映入眼簾，對我來說也只是順理成章的結果。

「嗯，漂亮。」

「謝謝教官。」

於是我們開始撤收。不久後我們回到晚宴會場，艾拉巴斯陛下走向我們，敬佩地為我們鼓掌。

「剛才城裡的士兵傳來消息，現場已升起確定擊墜的信號彈。看來你不負期許完成了任務吧？」

「是，勉強辦到了。」

「近年來最強的葬擊士，果真名符其實啊。」

在艾拉巴斯陛下之後，周遭的來賓們也為我們鼓掌。雖然只是為所應為，但因此受人誇獎感覺倒也不差。

「此外，剛才老夫的部下真是不好意思。」

「啊……不會，那種事我不會介意。」

意思是沒有去介意的價值。

「那傢伙被關進牢裡禁閉了。要是沒有悔意，會予以懲戒處分。」

「是……這樣啊。」

「老夫不喜歡人類至上主義。因此施政以撲滅那些傢伙們為方向，儘管如此目前仍然尚未全部消滅。厭惡禁忌之子的人們無論如何都會出現，特別是在夜裡衛士們難以顧及的場所，人類至上主義的團體正恣意而為。」

「我很明白。」

「老夫知道你應該沒問題，但是你認識的禁忌之子有可能受到危害，建議你當心點比較好。」

贈送我這句關懷的話語後，陛下說還有其他要務在身，與部下一同離開了會場。

雖然發生了預料之外的狀況，但因為沒有任何損害，之後晚宴依舊順利進行。我坐在吧檯旁的座位，與教官一同享用餐點。

雖然我趁機大快朵頤，但教官主要只挑甜點果腹。

就在這時，一個我不太擅長應付的人物靠近，四周稍微吵鬧起來。

「——哦？這不是提爾小弟嗎？剛才幹的真漂亮！」

聽這說話聲突然響起，身穿白袍的女性已經坐在我身旁的座位。

「嗚呃……」

身高平均但胸部大到有些醒目的白袍女性。近似淺褐色的淡金色頭髮蓬鬆凌亂，藍眼睛在圓框眼鏡底下流露輕佻的笑意。我感到幾分輕微窒息的同時，低聲說出這位年近三十的女性名字。

「……路米娜小姐。」

「你這什麼不小心被麻煩人物逮到的感覺啊？遇見人家很開心吧？」

「不，我不開心。」

路米娜小姐——路米娜．波普威爾。她是人稱『帝國五大貴族』的五大名門之一——波普威爾伯爵家的千金大小姐。雖然並非葬擊士，但她身為最頂尖的惡魔研究者而聞名。所以接到邀請參加這種場合也一點都不奇怪。

「不開心是怎麼回事？人家能見到提爾小弟好開心耶。」

她輕佻一笑，如此說完便隔著我將視線拋向我隔壁座位的教官。

「話說米亞大姊，好久不見。雖然我聽說了妳和提爾小弟的問題，不過妳和提爾小弟看起來都好端端的，真是太好了。聽說現在提爾小弟正給大姊養？」

「是沒錯。」

「請不要承認！不是這樣！我只是請教官協助我復健而已！」

我可不是吃軟飯的。唯獨這點絕對不想讓人誤會。

「哦～提爾小弟，給這種美人兒養，一定很幸福吧？」

「我重申這是誤會！」

「不然要不要來人家的研究所？研究繁忙到什麼人手都缺呢。」

「我不去。反正妳一定是打算騙我進去，把我抓去解剖吧？」

「只要解剖一小部分就好。」

「我討厭的就是解剖。」

這個人不是說笑，她真的想解剖我。她以前就時常說，想要澈底調查禁忌之子中最強的我。我對她避之唯恐不及，這也是其中一個理由。

「怎麼啦？不過就是解剖罷了，用不著小氣巴拉吧？」

「什麼小氣……對我而言解剖可是嚴重出血的大放送耶。」

「哦？你願意給人家打折？」

「當然不會！應該付錢給我才對吧？」

「換句話說，只要報酬合理你就願意接受解剖？」

「我拒絕。」

「唉……為什麼要講這種話讓人家萌生希望？」

路米娜小姐如此說著，猛然搔頭。身穿實驗白袍出席晚宴的膽識，再加上那頭亂髮，不修邊幅的印象還是老樣子。

「我覺得路米娜小姐應該要更明白自己是伯爵家的千金小姐。」

「身為波普威爾家的女兒這一點，人家當然有自覺。不過那立場也不是多好的東西。唯一的好處恐怕只有研究上較為自由吧？」

也許只是我不知道，路米娜小姐也有她的辛勞吧。

「所以說啦，人生需要多一些滋潤。挑明了說就是男朋友。對了，提爾小弟，要不要當人家的男朋友？」

「咦……」

「如果你願意當人家的男朋友，可以享受這種好處喔？」

路米娜小姐一把攬住我的手臂，漸漸拉向她豐滿的胸脯。

「等……等一下，路米娜小姐……！」

「討厭這種感覺？」

「我……我是不討厭，可是……」

「哦，畢竟提爾小弟也是男生嘛。」

路米娜小姐惡作劇似的微笑的同時，目睹這場面的教官似乎顯得不大高興。

「我說路米娜，別在大庭廣眾下做這種事。會給小提帶來麻煩吧？」

「麻煩？比方說怎樣的麻煩？」

「比方說那個……要是有個人對小提有點意思，目睹這種場面一定會覺得不太開心吧？」

「哦哦？那個人具體來說是誰啊？」

「我……我哪知道是誰，但是很可能有這樣的人吧？」

「哎，是沒錯。為了那位某人，人家今天就先到此為止吧。」

路米娜小姐揚起嘴角，笑得不懷好意。

放開我的手臂，路米娜起身離席。

「話說提爾小弟，到頭來你還是不願意讓人家解剖你那具身體？」

「我不願意啊。不管有什麼報酬，我都拒絕。」

「嘖～提爾小弟真是小氣。」

「我就是小氣。」

「哎，算了。提爾小弟現在正值辛苦的時候。受損部位剛好又危險，如果你不先恢復原樣，人家也怕得沒辦法動刀解剖啊。所以說啦，為了重回最強的寶座，你要好好努力喔。」

「這是當然的。我一定會取回我過去的實力。」

「人家會等著你喔。就這樣啦，人家還得去到處打招呼，就先失陪啦。啊，對了對了。這巧克力給你，算是剛才你陪人家聊天的謝禮。就和大姊兩個人一起品嚐吧？」

路米娜小姐如此說完，留下一個盛著幾顆圓球狀巧克力的盤子，邁步離去。

「這是什麼口味啊？」

教官拾起一顆巧克力扔進口中。在她將巧克力咬碎的過程中，眉毛漸漸揪起。

「嗯？這是……」

「怎麼了嗎？」

「呃，這個……也許很不妙……」

「咦？怎……怎麼了嗎？」

「這個巧克力，很不妙……」

用不妙來形容的巧克力是怎麼回事……？

我也拿了一顆品嚐看看。在我咬碎巧克力的瞬間，感覺到些許帶著苦味的濃稠液體在口腔中漸漸漾開。

「這該不會是……威士忌酒心巧克力？」

如果真是這樣，的確不妙。

只要攝取這點程度的酒精就以令教官性情大變了。

「……路米娜小姐肯定是故意的吧。」

這種喜歡惡作劇的個性也同樣不像貴族出身……哎，雖然庶民個性是種優點，但是這次該說稍嫌惡質了些吧。

「教官……妳還好嗎？」

我如此一問——教官便將一隻手擱在我的肩膀上，直盯著我面露笑容。

……啊，看來很不好。

「吶，小提，可以借點時間嗎？」

教官的視線如蛇一般直盯著我的雙眼不放。在酒醉之後，教官的個性就會變得喜歡惡作劇，而且程度還會不斷加重。在這種高貴的場合要是讓她做出什麼怪事，鐵定會傷害教官的榮譽，我有必要用盡全力代替她的自制心發揮作用吧。

「有……有什麼事嗎？話說臉靠太近了……」

「臉靠得很近也沒什麼大不了吧？反正小提很習慣親近女性嘛。」

「我沒有啊！」

「哎，這點也許是真的。」

「聽妳這樣直接斷言反而會覺得難過耶！」

「不過這是事實吧？對那個不修邊幅的路米娜也忍不住臉紅心跳，是吧？」

聽她捉弄般說道，我大感疑惑。

「……對路米娜小姐臉紅心跳是指哪件事？」

「哎呀，你想裝傻？還不認錯啊？」

教官瞇起眼睛流露笑意，嘴角向上高高揚起。

「剛才小提明明就對路米娜臉紅心跳了吧？」

「應……應該沒有吧……」

「不，就是有。人家把胸部壓在你手臂，你就一直『嘿嘿嘿』地笑喔。」

「我絕對沒有那樣笑！」

「就算沒說出口，受到那種對待其實心裡暗爽也是事實吧？」

教官笑得咄咄逼人，以食指指尖輕彈我的額頭。

「真是的……不可以那樣喔，知道嗎？」

「不……不好意思……」

雖然搞不太懂，但總之先息事寧人，不過教官依舊擺著捉弄人的笑容。

「你真的覺得內疚？只是嘴巴上說說而已吧？」

「感覺好像沒有……又好像有……」

「哦~我就知道你只是隨便說說的。小提像這樣不真心反省，應該需要懲罰一下吧？」

「懲……懲罰……？」

……視教官的症狀劇烈程度，也許該將脫離晚宴列入選項。

「懲……懲罰具體來說是指……？」

「我反而想問，你想要什麼懲罰？小提希望我對你做什麼？」

「我……我有決定權嗎？」

「嗯？其實沒有。」

「沒有喔！」

酒醉的教官真的是以玩弄我為樂……！

「哼哼哼～小提沒有決定權。為了懲罰對路米娜臉紅心跳的壞孩子——」

教官把嘴脣湊到我的耳畔。

「難得來參加晚宴，就罰你和我跳舞吧？」

——跳舞？跳舞該不會是指……？

「意思是說，在不久後就要開始的社交舞時段？」

「那當然。你沒有拒絕的權利喔。」

像是宣告絕不讓我逃走般，教官伸出手臂緊緊勾住我的手。

「我……我知道了啦！我陪教官跳就是了……」

和教官跳舞這件事本身值得高興，我也沒有回絕的念頭……問題在於我沒有社交舞的經驗，要和酒醉的教官跳舞也令人不安。

就算要處罰我也該有個限度，這樣我壓力超大的耶。

我心中的焦急逐漸增長時，宮廷樂團的演奏迎來變化，曲調跟著改變。那代表著社交舞時段已經開始——

下一個瞬間，前來參加晚宴的賓客們紛紛帶著舞伴移動至舞池中，隨著節拍而踏步。當然那並非熱情激烈的舞蹈，而是優雅和緩的社交舞——

「好了，小提。我們也一起去吧？」

教官淺淺一笑，牽起我的手，我們也走進舞池中。

「哦哦，那兩人也要跳舞嗎？」、「發生那種事，情誼也不會消失啊。」

感覺到周遭的注意力集中在我們身上。除了純粹好奇的視線外，也有些感到欣慰似的視線，簡單說會場中每雙眼睛的焦點都開始轉向我們……

若一句話解釋我現在的現在的心境就是——緊張程度飛快攀昇。

「小提，要像個男人來主導喔。」

走到舞池中，教官轉身與我面對面，促狹地笑了笑。

她當然知道我完全沒有社交舞的經驗，才故意這麼說吧。酒醉後的教官真的就像惡魔一樣。不知該說是異樣強勢，或者是以我的反應取樂……

但我還是作好覺悟，挑戰這次的懲罰。

「我不會讓教官丟臉的。」

我如此說著，一隻手牽起教官的手，將另一隻手擱在教官的腰間。

只是單純模仿周遭賓客與舞伴的動作。不過對於模仿動作我很有自信。

動作開始了。配合著響徹會場的樂曲，我和教官踏出舞步。

「很棒喔，小提，跳得很好喔。」

教官稱讚我的舞步。但真的厲害的是教官。我的動作終究只是模仿旁人而顯得生疏，但教官像是輔助我一般，搶在我之前先精準地抵達定位。讓我不由得萌生我自己變得擅長跳舞的錯覺。

「教官有跳社交舞的經驗？」

「呵呵～有的話你會怎樣想？會因為『妳和我之外的男人跳舞』而生氣嗎？」

「我……我不會——」

「應該會吧？因為小提喜歡我嘛～？」

她不懷好意地笑著，隨即又說：

「不過你放心。我頂多只有和瑟伊迪隨便跳跳而已。知道嗎？」

「是……是這樣喔……」

「放心的感覺好明顯，真可愛～小提在這方面還只是個小孩子呢。但因為平常有點

成熟過頭了，算是不錯的反差吧？」

教官說完嘻嘻輕笑，我則不由得害臊。集中力被擾亂，緊接著——

「嗚哦……！」

腳尖踢到地面，一時失去平衡。雖然我差點跌倒，只想著要避免教官也一起變成笑柄，絞盡力氣好不容易恢復了平衡，但是——

「——嗯……！」

我原本擱在教官腰間的那隻手，位置不小心挪動而移動至教官的臀部。

教官發出性感的嚶嚀，臉上泛起一抹羞澀，責備般低語。

「小提好色……」

「我……我不是故意的！我現在就鬆手——」

「不可以。慌慌張張修正手的位置，會很丟臉。」

「那……那我要怎麼做……」

「維持現狀就可以了。」

「維持現狀？」

要我把手擺在這充滿彈性的臀部，繼續跳舞嗎？就我個人而言，能繼續享受這彈力並非壞事，但儘管受到酒醉的影響，教官現在的臉龐未免也太紅了，想必覺得很不好意思吧。

但要是就這樣挪開手，就白費了教官的體恤。既然如此，現在就維持現狀跳到最後吧。樂曲已漸入佳境，舞蹈的時段再過不久就會結束。如果時間不長，教官和我都還能忍受吧——

最後演奏告一段落，我和教官等所有舞蹈的參加者都得到來賓的掌聲。

平安告終令我安心的同時，我和教官一起離開舞池。

「恭喜你撐過全程懲罰。對路米娜臉紅心跳這件事就原諒你吧。」

說完，教官直看向我的臉——

「……我根本就沒有臉紅心跳就是了。」

「還在嘴硬。不過，就算了吧……反正我用屁股讓你臉紅心跳了。」

「我……我沒有臉紅心跳！冤枉啊！」

「真的嗎～？沒有趁機摸一把？」

「絕對沒有！」

「既然這樣，小提……我的屁股和路米娜的胸部，哪個比較好～？」

她有些害臊地問我，而我——

「我哪知道啊！」

「意思是難分軒輊？是喔～……看來小提也累積了不少女性的經驗值啊。之前只要摸到我的屁股應該一招就擋不住了吧？」

教官以醉醺醺的眼神盯著我說完，靈機一動般拍手叫道：

「那我現在就額外多把胸部也壓上去吧！」

她言出必行般逼近我，伸手想抱住我。我連忙閃避。可惡……剛才社交舞的過程中明明還算低調，這時醉意似乎來到了最高潮。

「哎呀呀，為什麼要躲開呢？我想用小提最喜歡的柔軟酥胸療癒小提呢。哼哼～該不會是覺得害羞？」

「現……現在的問題不是我害羞不害羞……！」

「那就向我撒嬌不就好了？來嘛，這對胸部只屬於小提喔。」

「──！」

這……這已經越界了。在晚宴會場上這個人到底在講什麼啊。只吃一顆威士忌酒心巧克力就能酒後亂性成這副德行，這個人也真夠厲害，甚至堪稱是一種才能吧？不過這絕對不是能在公開場合展現的模樣。

米亞教官緊接著繼續試圖把胸部壓向我。

她的眼神迷離失焦，一眼看上去就知道已經失去理智。教官酒醉後的言行舉止恐怕不是真心話，更重要的是我也不願意讓任何人看見這種醜態。

──回過神來，我已經帶著教官離開了晚宴會場。

一走到城外，我便領著教官來到附近的公園。目的是為了讓她吹吹夜風，醒醒酒。

我讓她坐在能看見池塘的涼亭的椅子上，自己也坐在她身旁。雖然醉意沒有立刻消褪，但教官漸漸地恢復了理智。

「──奇怪……晚宴呢？」

「中途離場了。我想這樣下去會有損教官的名譽。」

「有損我的名譽……？呃……啊，對喔……我吃了威士忌酒心巧克力，結果醉了之後就……」

她這麼說著，大概是在回溯過去的同時，無意間喚醒了酒醉時的記憶──社交舞，以及失控的起點，教官的臉頰轉瞬間染上一片通紅。

「對……對不起，小提……這次給你添麻煩了。」

「……哎，這個嘛，是沒錯……」

不過真正的過錯在於用酒心巧克力暗算教官的路米娜小姐，真要分類的話教官算是被害者，要責備教官也沒道理吧。

不過教官原本的個性正經八百，似乎覺得自己也是加害者。

「啊啊，真是的……」

教官悔恨地呢喃，隨後用雙手遮住了自己的臉。

……在晚宴上失誤這件事，對她似乎打擊很大。

「那個，小提……我可以先回去嗎？我想稍微獨處……」

最後甚至說出了這種話。但是為了讓她情緒平復，這麼做肯定比較好，我替教官叫了一輛馬車，並且送她上車。

「那我就先回去了……」

「好的，我會隨便打發時間之後再回去，這段時間請放輕鬆度過。」

「……謝謝你的體貼。」

「不會，請別在意。」

於是我目送教官搭乘的馬車離去，獨自在夜裡的帝都晃蕩。

沒有任何目的，獨自漫步——我很習慣一個人走在街上。

畢竟我過去一直過著無依無靠，獨自一人的人生——

……幼年的記憶已經模糊不清。

我不記得母親的容貌，也不記得自己在哪個地方誕生。

唯一確定的一點是，我的記憶起始於我被棄置於帝都近郊的森林。

長大到一定程度之後被拋棄，在這之後——稍嫌難受的日子開始了。

——我是禁忌之子。

繼承了一半的惡魔之血，與普通人不同，擁有紅色眼眸的存在。大概並非相愛的兩個人結合而誕生，而是源自於惡魔方單方面的慾望吧。

禁忌之子就如其名，在人類社會中是受人忌諱的存在。

因為體內混雜著敵對種族的血脈，有些部分也是人之常情吧。

但當時那種厭惡之情的表現手法相當殘酷。雖然現在因為陛下的努力等，除去了其中一部分而變得正常許多，但是在過去對我而言——一切都是敵人。

只是走在路上就人人避之唯恐不及；光是視線對上就遭到責罵。錯身而過時要是稍微擦撞就會慘遭毆打，最後趴在地上的慘狀成為眾人嘲笑的對象。

也許我應該抵抗。禁忌之子比常人要強悍，只要我選擇抵抗應該能立刻把對方打得滿地找牙。我沒有這麼做，是因為年幼的我已經知道這麼做也無法根本解決問題。

與之敵對只會增加更多敵人，沒有任何意義。

我認為應該憎恨的不是欺凌我的那些人類，而是惡魔。

因為惡魔凌虐人類，人類才會將那份無奈發洩在禁忌之子身上。

既然如此，只要能殲滅惡魔，我就不會再受到責難，像我這種存在也再也不會誕生

——這麼想著，我決定以葬擊士為目標。

和當時相比，對禁忌之子而言治安已經好上許多了。

像我甚至被視作英雄，眾人基本上都不會對我擺出壞臉色。

其他的禁忌之子就算走在街上，也不會遭遇不測。

——時代已經變了。

儘管如此，就如同陛下剛才所說的，無法否認試圖排除禁忌之子的歧視依舊存在。

俗稱人類至上主義。聲張這類主張而四處橫行的傢伙們至今依然存在也是事實——

「喲，紅眼睛的小妞，今晚一個人？」

突然間傳來的這句話，將我的思緒拉回現實。我連忙抬起臉，發現在少有行人的道路旁，數名男人正包圍著一名身材嬌小的少女。

仔細一看，那少女正是夏洛涅。

「在這種時間還敢在外頭遊蕩，很有膽量嘛？哦？」、「是不是誤會現在和過去不一樣了？」、「越來越不知好歹了啊！」、「禁忌之子不要自以為了不起啊！」

對夏洛涅大放厥詞的這群傢伙，無疑就是人類至上主義者。

夏洛涅對他們毫不抵抗。因為只要動手，就會被視作「禁忌之子果然很危險」，使得人類至上主義者更有理由能歧視。

但是，為什麼她連逃也不逃？

我感到費解的時候，其中一人對夏洛涅動手了。

我不打算貫徹旁觀者的角色。我立刻衝上前去，握住那隻手。

「住手。」

「啥？吵死了，不要礙事！偽善的傢伙！」

我跑上前去的瞬間，另一名男人一轉身就將手中的酒潑向我。

我被酒潑得滿頭滿臉，但是下一個瞬間——

「咦……提爾？」

夏洛涅如此驚呼——從這個瞬間開始，環繞這群傢伙的氣氛明顯地漸漸有所變化。

「她說提爾……？」、「那這傢伙該不會就是……」、「對……聽說他明明是禁忌之子，但是太有人望，隨便出手可能反而影響我們的風評……」、「傳聞中的……提爾．弗德奧特……？」

「嘖……就算你們不對我出手，人類至上主義者早已經被視作舊時代的存在，正漸漸遭到排斥。總之先學著知恥。」

我抹去臉上的酒液的同時向他們如此宣告後，其中一人豁出去般揮拳打了過來。

「去……去死吧！提爾．弗德奧特！」

我接下那拳頭並化解力道，將他的手臂扭到背後，壓倒在路面上。

「咕……！」

「其他人也想衝上來？」

「「「咿……咿……！」」」

這群傢伙們每個都發出了膽怯的驚叫聲，隨即拔腿逃走。大概是明白找我當對手在各方面都不利吧。我放剛才制伏的那人重獲自由後，他也追逐著同伴的背影慌慌張張地跑遠。

「提……提爾……沒事嗎？」

夏洛涅神色擔憂地走近我，不過我才想對她問這句話。

「我只是渾身酒氣而已。話說妳沒事嗎？」

「我沒事。其實喔，剛才被他們襲擊就是我的任務，用不著出手救我也沒關係的。」

「……任務？」

「你看那邊。」

夏洛涅指著那群人逃離的方向。我朝著那方向看過去，發現有數名葬擊士追逐那群傢伙，最終成功束縛了那群人。

「妳該不會是誘餌？」

「對啊。我擔任誘餌故意讓他們包圍，在他們即將對我動手的時候，就像那樣逮捕現行犯。任務內容就這樣。」

「我不曉得……」

「不過還是謝謝你喔。就算這樣我也很開心。」

夏洛涅取出手帕，遞給我。

「唉，酒用擦的也擦不乾淨，你就趕緊回家洗個澡吧。」

「嗯……我會的。」

「再見啦。我還得繼續執行這次的任務才行。」

她說完便邁開步伐，奔向葬擊士的同伴們。

禁忌之子與普通的人類聯手，逮捕人類至上主義者。

在過去絕對不可能出現的光景。我真覺得好時代到來了。

也因此，我有種想誠心祈禱這個時代能永遠持續下去的心情。

「奇怪……小提怎麼了？怎麼好像身上飄著酒味？」

回到教官家中，教官已經完全恢復了平常心。

而且似乎也察覺了我的異狀。

「呃……簡單說，被人類至上主義者用酒潑了滿臉。」

「不會吧？真的？」

教官歉疚地垂下臉。

「都是我不好……因為我放小提一個人。」

「不是啦，被纏上的不是我。」

「……是喔？」

「我撞見夏洛涅擔任誘餌執行任務，結果出了點事……」

「原來如此。不過如果我也在場，絕不會讓狀況演變成那樣。我沒有陪伴著你，所以是我的錯。」

「教官……那樣承擔太多了。」

平常的教官還是老樣子，正經過頭了。酒醉時那種輕鬆隨便的感覺難道不能在平常時候稍微發揮嗎？我想那樣應該十分恰好。

不過看來是無法期待。

「不會承擔太多啊，只要我也在場，我有自信絕對不會讓對方得逞。所以我很後悔。讓小提身上都髒了，我到底在做什麼啊？」

像是對自己氣憤難平，教官輕咬著自己的拇指。

不過，大概是覺得木已成舟吧，教官像是接受了事實般吐出一口氣。

「……哎，總之你先去洗澡吧。熱水已經放好了。」

在教官的催促下，我決定先洗去一身酒氣。

在更衣間褪下衣物，只拿著一條毛巾走進浴室。

緊接著，泡澡前要先清洗身體的念頭浮現的瞬間——

「小提，洗澡水的熱度還好嗎？」

教官突然走進更衣間，我的心臟猛然一震。

「呃，那個……我還沒泡澡，熱度不太清楚。剛才稍微潑水試了一下，應該剛剛好。」

「是喔？那我自己也確認一下好了。」

這句話與衣物摩擦聲一同傳來的瞬間，我的心臟鼓動速度更快了。

「呃……等等，教官，妳在做什麼？」

「做什麼？我想說和你一起進浴室啊。」

「為……為什麼啊？教官酒還沒醒嗎？」

「醒了啊，完全正常喔。」

「那又是為什麼……」

「因為……小提不是被人家用酒潑了滿臉嗎？我想你應該也知道，皮膚也會吸收酒精。而且從那味道來判斷，酒精度數應該滿高的，既然吸收了那種濃度的酒精，我想小提現在就相當於酒醉的狀態吧。」

「嗯，聽教官這麼一說……」

確實眼前景物有點模糊，意識似乎也稍微迷濛。

「對吧？讓這種狀態的提爾一個人泡澡，我怕萬一會出事。所以我也一起進浴室，協助小提安心泡澡。」

她一面說著，衣物的摩擦聲持續迴盪。

看來一起進浴室已經是既定事項。

就在這時，教官突然回想起什麼似的，唐突說：

「對了，小提……今天你不是因為討伐阿迦里亞瑞普特受到表彰嗎？」

「呃……是沒錯。那個怎麼了嗎？」

「那讓我突然想起了一件事。」

「……教官想起了什麼事？」

「那一天……發生討伐戰的那一天，我在擊殺小提重傷的阿迦里亞瑞普特之前，阿迦里亞瑞普特對我說了些莫名其妙的話。」

超過中級的惡魔就能理解人話。最上級的阿迦里亞瑞普特自然不例外。

「『余於此處喪命，只不過是終將到來的殲滅劇的序曲。記好了。余必當再度現身攔阻。為了誅殺諸位人類，余必定……』」

「那傢伙這樣告訴教官？」

「嗯……不知道為什麼，仔細一想就覺得害怕……再度現身攔阻是什麼意思？」

「只是隨口胡說。阿迦里亞瑞普特毫無疑問已經被討伐了。而且那不是教官親眼確認的嗎？根本不需要害怕才對。」

「也對……不好意思，突然講這種怪話。」

「不會。不過為了保險起見，還是提高對惡魔的戒備也許會比較好。」

況且今天已經遭遇了「轟炸魔」的襲擊。再加上阿迦里亞瑞普特臨死前留下的話語。黑影在暗地裡蠢動的預感漠然湧現。雖然我搞不懂真相，但要是有個萬一，我也想參加作戰。不管我的身體狀況如何，也要身為一名葬擊士參戰。

「那這些事就先放一邊，我也要一起進浴室嘍？」

這句話才響起，下一個瞬間浴室門開啟，身上只包著一條浴巾的教官真的走進浴室來。因為教官純粹發自關心才進來，我也明白不能用那種眼光去看她，但視線還是不由得飄向教官的女性特徵。

豐滿的乳房被緊緊包住身軀的浴巾擠得呼之欲出。

自浴巾下襬往下，是一雙誘人的修長美腿。

其中最勾引視線的還是那雙大腿——

「小提，不可以這樣喔。這樣直盯著看，不禮貌。」

教官如此說著，手掌輕拍我的頭。

「洗澡水熱度好像真的剛剛好。那就先來幫你洗身體吧。」

檢查過熱水的熱度後，教官將沐浴乳擠在手中的毛巾，稍微搓揉使之起泡，就開始刷洗我的背。

「感覺怎麼樣？」

「該……該說很不錯嗎……」

我有些害臊地回答。當下仍然無法相信與教官一同置身浴室的現實，一顆心好像飄在半空中。如果有人說這是一場夢，我恐怕二話不說就會相信。

教官的刷洗不限於背部，擴展至頸子、雙臂，最後甚至用從背後伸出雙臂圈住我的

身軀，進犯至身軀前方。而且彼此的身軀莫名地貼近。因為刷洗時的姿勢就像貼在我背上，教官的胸部緊緊壓在我的背上。

「那……那個……要不要乾脆從正面洗？」

「洗的時候面對面，彼此都會害羞吧？」

「這……這樣子就不覺得害羞嗎？」

「這種狀態，其實也滿害羞的啊。」

「……會覺得難為情喔？」

「這不是當然的嗎？……這還是我第一次和年輕男生一起進浴室。」

教官害臊地低聲呢喃。我被她摟在懷中般，任憑她刷洗。

這樣的時間持續了好一陣子，浴室內氣氛相當平靜，但是——

「——呼……嗯……」

以某個瞬間為界線，我察覺教官的呼吸聲似乎越來越急促。

不，並非似乎，很明顯地越來越急促。我不由得擔心她是不是身體不舒服，想問她「教官還好嗎？」，但剛好就在我開口之前——

「小提……曾經像這樣和我以外的女性一起洗澡嗎？」

「咦？」

「有的話就是壞孩子，沒有的話就是乖孩子……你是哪一種呢？」

突兀的質問讓我大感納悶，但我還是回答：

「呃……我沒有那種罕見的經驗。」

「哎呀，是這樣喔？那小提就是乖孩子，既然是乖孩子……」

教官一隻手持續清洗著我的身體……

「好乖好乖，之後也要繼續保持你的純潔之身喔。」

同時用手開始撫摸我的頭。

這……這態度是怎麼回事……？在感到欣喜之前，疑惑先湧現心頭。

這種和平常的教官判若兩人的感覺，應該是酒醉狀態的教官獨有的……

——為什麼？

教官剛才明明就沒事，為什麼會在浴室中突然酒醉……？

短短一瞬間我一頭霧水——

「——對了……！」

原因恐怕就在我的頭吧。我的頭髮被潑了酒之後，至今尚未澈底沖洗，我自己也能感覺到些許酒精氣味。

簡單說，教官只是聞到酒精的味道就醉了。對酒精的抵抗力未免也太差了吧！我為此吃驚的同時想到，既然只吃一顆威士忌酒心巧克力就能失控成那樣，那麼她現在的狀況也不足為奇吧。

事到如今趕緊洗頭也太遲了……可惡！教官走進浴室讓我驚慌到忘記了洗頭這個最重要的步驟，實在是致命的失誤……！

「呵呵～小提的背好寬喔～」

清楚感覺到教官的臉貼在我背上，開始用臉磨蹭我的背。這很不妙！

「平安長到這麼大，姊姊好高興！」

「請……請不要用臉摩擦！」

「啊？你討厭這種感覺？」

「不是討厭，是很難為情！」

「我也同樣很害羞喔。」

「嘴巴上這麼說，動作卻不停，這是怎麼回事？」

「呵呵～因為想讓小提像這樣手足無措的心情更強烈喔。」

有點不懷好意地笑著，教官在我耳畔細語。

「什……什麼跟什麼啊……又不是遇到喜歡的女生就忍不住想欺負的小孩子……」

「要是我說心理上完全就是那樣的話？」

「咦……？」

「我什麼也沒說～」

敷衍般一語帶過——

「這先不管，小提，你有破綻喔！」

「嗚喔……！」

教官全力從背後撲向我，兩團柔軟的觸感再度壓到我背上。

光這樣還不罷休，教官立刻就──

「來嘛來嘛～臉頰好軟喔～！」

從我肩上探出臉，將臉頰貼上我的臉頰使勁磨蹭。

「教……教官妳醉過頭了啦……！為什麼光是聞到味道就變成這樣……！」

「什麼嘛！男生的臉頰居然這麼軟又有彈性，真是太超過了！」

「妳要抱怨這一點我也無可奈何啊！」

「那你要不要把鍛鍊暫且放一邊，乖乖過著讓我養的生活呢～？」

「話題突然又變了？話說我絕不會就範！拜託教官只要協助就好！」

「咦～我很想養你耶～！」

「不行！話說回來，請教官放開我！」

「不要逞強儘管向我撒嬌也沒關係喔，其實我這樣子你明明就很開心吧～」

「咕……」

心裡其實很開心──這我無法否認。但是主導權完全不在自己手上，讓我不知該怎麼應付酒醉時的教官啊！無論體驗幾次都無法顛覆，對我來說已經是真理了！

「教官，既然這樣我現在就去水井打水，潑向教官，請做好心理準備！也許會很冰，但這都是為了讓教官醒酒！」

我掙脫了教官的臉頰磨蹭攻擊，想從浴室的後門衝至戶外。

但是——

「不可以～！不准未經同意擅自行動～！小提不可以勉強自己，要乖乖在這裡讓身體休息才可以！小提一定也有點醉了，隨便亂跑會很危險吧？」

教官這麼說著，抓住我的手臂，把我拖回椅子上。

可惡，現在是教官的力氣比我大……

「嗯，逮到你了。不聽話的壞孩子是不是需要懲罰呢？也許該收起蜜糖，賞點鞭子比較好？」

她不懷好意地笑著說道——

「那就從這裡開始——啾！」

教官說完，嘴唇就貼上我的臉頰——呃？

這瞬間，我的思緒化作一片空白，甚至無法理解當下發生什麼事。

緊接著，我在下一個瞬間理解狀況，臉頰一瞬間如冒火般發燙。

超乎想像的衝擊讓我身體僵硬的同時，教官仍不改那惡作劇般的笑容。

「哎呀，壞孩子只要吻一下臉頰就會放棄掙扎呢。無意間有了大發現呢。」

似乎被她發掘了很糟糕的大發現！之後要是教官每次酒醉就想用親吻管教我，我肯定會把持不住！

「既然壞孩子已經聽話了，接下來就差不多該幫忙洗頭了吧～」

這句話傳來後，教官就用洗髮精從我身後開始搓揉我的頭髮。哦，好像滿正常的。

我這麼想而放心的時間只是短短一瞬間，遠遠超乎我預料的狀況緊接而來。

——噗滋噗滋。

剛才為我搓揉著髮絲的手指，突然間換成了謎樣的柔軟觸感。有點像是水球壓在我的頭頂上，不過這裡不可能有水球。既然這樣，這感覺應該是……該不會……！

「教……教官妳究竟在做什麼——」

「乖孩子不可以回頭喔。」

教官說完就用雙手固定我的頭部，阻止我轉頭向後。

在這過程間，幸福的觸感依舊連續造訪我的頭部。

簡單說，這感覺就是那個。

用那對豐滿乳房幫我洗頭髮的某種驚人技巧——

「——不可以啦，教官！」

「呵呵～這種事我只會對小提一個人做，你大可放心喔。」

「就算這樣也不可以吧！不對，不管怎樣都不行吧！」

不管什麼事都有限度。我猛然覺得這行為已經完全突破了限度。想從預料之外的方向擊敗我，也要有點分寸吧？

「教官！請把手放開！」

我試圖逃脫，但教官用雙手固定我的頭部，讓我無法動彈。

「很遺憾我不放～！因為一放手，感覺小提就會轉頭向後嘛～」

「我不會！話說回來，如果我轉頭就會讓妳害羞到受不了的話，打從一開始就不要做這種事啊！」

「因為我就想這樣幫你洗啊。」

「為什麼會想做這種事啦！」

即便是酒醉狀態，動機實在太莫名其妙，令我不知如何是好。如果背後沒有「其實她喜歡我」這種理由，簡直無法理解這種行為！但是八成又不可能。真傷心。

無論如何，只有逃亡一途。我為了甩開教官的手而掙扎。

「小提為什麼這麼執著於掙脫呢？真的那麼想看我的胸部？真是下流……不過男生稍微下流一點也許剛剛好。」

「請不要隨便斷定我的行動原理！話說現在下流的是教官吧！」

「但是小提卻迷上這種下流大姊姊嘛～？來嘛，好乖好乖。你喜歡我對你這麼做，對吧～？」

米亞教官以胸部對我的後腦杓施加彈性觸感，同時雙手也開始撫摸我的頭。

有如天國般的地獄處境，但多虧如此我靈機一動察覺了教官的破綻。

「教官真是笨蛋！居然把用來固定我的雙手挪去摸摸頭！」

沒錯，教官現在把剛才制住我的頭部的雙手用在摸摸頭上。換言之已經無法阻礙我的動作。

我立刻行動。自椅子站起身，不去看現在模樣想必非常危險的教官，同時往浴室的出入口移動。我想盡早和這危險地帶說再見。

但是——我的手被抓住了。

「等一下！要把頭髮的泡泡沖乾淨才可以！」

「那個我用井水沖就好了！」

「要是感冒就糟糕了啊。別再抵抗了，乖乖在我的庇護之下讓我洗乾淨！只要再忍耐一下，要摸摸頭還是用大腿當枕頭，全部都可以喔！好嗎？」

「妳……妳以為這樣就能引我上鉤可是大錯特錯！」

雖然獎賞聽起來非常誘人，但我不會屈服的！

我抵抗教官的拉扯。但是現在的我難以勝過教官的力氣，漸漸被她拖回去。雖然我比剛才更加奮力掙扎，但恐怕只是遲早的事。

儘管如此，在莫名的不服輸心理作用下，我更加使勁掙扎。

但那卻是錯誤的選擇。

為了抵抗，我想要用力踏穩雙腳，腳卻因為泡沫而滑動——

「嗚哇……！」

下一個瞬間，我跌倒了。

整個人猛然撞往我剛才不去直視的教官的方向。

「嗚咕……！」

我的臉直接埋進了富有彈力的某種東西中。聽見教官輕聲驚叫之後，跌倒的力道完全止息，我確認狀況——啞口無言。

「…………」

我的臉撞進了教官毫無遮掩的雙峰間。姿勢像是將仰躺的教官壓倒在地面上，毫無疑問是非常糟糕的狀態。軀體之間緊密接觸，每寸肌膚都受到刺激。這……這樣子有點……不，該說是非常糟糕吧……

一定要快點道歉。一定要快點讓開。一定要挪開視線——我覺得自己的大腦運轉速度追不上外界變化，思緒開始亂成一團。不知是因為浴室的熱氣，或是受到酒精影響，連意識都漸漸迷濛時——

「……小提好色……」

語氣羞怯地拋向我的這句話彷彿成了最後一擊，我在下一個瞬間倏地失去意識。

幕間　米亞・塞繆爾的思慕II

今晚我又在同屆的瑟伊迪的邀請下，來到常去的酒吧。

雖說是常去的酒吧，但真的只是常常造訪而已，滴酒不沾的我只是和微醺的瑟伊迪聊天。

今天的話題還是圍繞著小提打轉。

「吶，瑟伊迪，我好像重新體認到，我真的很在意小提。」

「發生了什麼事讓妳萌生這種自覺？」

「這個嘛……前幾天和小提一起洗澡的時候——」

「請……請稍等一下！你們一起洗澡？」

「請不要有奇怪的妄想好不好？小提在回家路上被人類至上主義者用酒潑了滿臉，我為了照顧他才一起進浴室。」

話雖如此，我自己也因為酒精的氣味而爛醉，一時之間似乎十分失態，但老實說過程我記不太清楚，沒什麼問題。

無論過程如何，我在酒醒之後將倒在浴室裡的提爾搬進了寢室。雖然我原本打算立刻走出房間，但是又覺得不想讓他一個人，不知不覺間我就陪在小提身旁睡了一晚。幸好我在小提醒來之前先清醒，要是就那樣繼續睡到他醒來，真不知道該如何是好。

「原來如此，忍不住同床共枕就是好感的證據嘛。聽起來很溫馨啊。」

瑟伊迪聽完之後，輕笑著如此說道。

「但是喔，瑟伊迪，我覺得那樣繼續親近小提一定是不對的。我和小提之間的關係不能再繼續進展下去。」

「因為妳上次說，覺得自己沒有喜歡小提的資格？……妳還要繼續鑽牛角尖？」

「因為……我對小提做的事就是那麼罪大惡極啊。」

我毀了小提。

而且沒有人能保證小提能恢復原狀。

這種罪過，絕不能得到原諒。

「就算這樣，我覺得提爾早就已經原諒米亞了吧？」

「是啊……就和妳說的一樣。」

好像一點也不在意我的過錯般，小提一如往常地與我相處。

甚至還說他喜歡我。

如果要以真誠的心情回應他的告白，我只有「謝謝你」這句話。

但我雖然心裡這麼想著，卻無法推進與小提之間的關係。

因為我認為，自己目前還沒有資格與小提成為戀人關係。

「……真是有夠麻煩。」

像是看穿了我的思緒，瑟伊迪傻眼地說。

「老實說我覺得妳想太多嘍。喜歡就是喜歡。可不可以不要固執於那些歪理，一直在那邊鑽牛角尖？」

「這不是什麼歪理……如果要心安理得地與小提發展下去，目前這樣我就是辦不到。我覺得只有小提恢復原狀後，才能再向前踏出一步。」

「既然這樣，至少可以先做好事前準備吧？」

「……事前準備？」

「為了踏出那一步的預備工作啊。因為米亞和提爾互相喜歡對方，現在就可以開始分享彼此的心情，先約定好在小提恢復原狀之後立刻開始交往，這樣不就好了？」

「這……」

這也許是個選項。

「……但是我又沒有勇氣告白。」

「沒必要立刻說出口。只要一點一點慢慢向提爾表明心意就好了啊。」

「一點一點慢慢來……」

「對，慢慢來。但最終還是需要拿出勇氣告白，到了某個時間點就必須大膽跨出一步，要先做好心理準備喔？」

「……我明白了。不過，這陣子就先當作表明心意的研修期間。」

「嗯，我覺得這樣就好了。不過，小提其實一直在等待，要盡早傳達米亞的心意，讓彼此了解對方的好感喔。就算在完全恢復原狀之前無法交往，但提爾只要知道自己和米亞兩情相悅，我想他也會很高興。」

「這個嘛……我會努力看看。」

我覺得與小提的未來似乎透出了一絲光明。

我決定開始進行為了踏出下一步所需的預備工作。

第五章　單身新娘

城堡的晚宴之後數天的某個早晨，我送米亞教官出門工作後，再次為了盡可能取回距離原狀還很遙遠的力量，在帝都郊外鍛鍊自己。

「那我要上嘍！」

我請夏洛涅來當我的訓練對象。因為她說今天沒有任務，就請她像這樣從上午陪我訓練到現在。

今天的鍛鍊並非對打，而是使用稍嫌危險的道具，藉此鍛鍊瞬間反應力。

「沒問題，來吧。」

我對站在遠處的夏洛涅如此說道，做好準備。

——下一個瞬間，伴隨著火藥炸裂的聲響，一顆彈丸直朝我飛來。子彈瞄準我的腹部飛馳而來，而我在千鈞一髮之際躲過。

呼……我因為成功躲過而鬆了口氣，同時看向夏洛涅。

沒錯——夏洛涅現在手中拿著槍。模擬人類無法施展，專屬於惡魔的攻擊手段——「魔法」，藉此進行閃避訓練。雖然已經請她開了好幾槍，但我全部都躲過了。

「差不多該休息了吧？我怕你因為疲勞出意外。」

說得也是。我這麼回應，接受夏洛涅的建議，決定稍事休息。因為在無人的原野旁正好有張長椅，我與夏洛涅就在該處坐下。

「來，牛奶給你。我也一起喝！」

夏洛涅從內藏萬年冰的箱子中取出了冰涼的牛奶瓶。

「到這種地方還隨身帶著牛奶……妳多喜歡牛奶啊？」

雖然我有些困惑，但還是心懷感謝接下牛奶，補充體力。

「提爾滿身大汗耶。不換衣服好像會著涼，而且感覺也滿噁心的吧？」

「是很噁心。」

吸飽汗水而變得沉甸甸的運動服實在滿噁心的。不過我沒帶更換用的衣物。

「──我就知道，我幫提爾把替換衣物帶來了。」

「嗚哦……！」

銀髮女性突然間從長椅底下探出頭，定睛一看原來是艾爾莎。

「不要用這種好像都市傳說的登場方式啦！」

「我一直看著。因為我今天也放假。」

「如果妳要來，就正常和我們會合啊！」

「以後我會的。」

艾爾莎維持著一如往常的面無表情，爬出長椅底下，站起身。拍去沾在戰鬥服上的沙塵，將身體硬是擠進我與夏洛涅之間，坐到長椅上。

「喂，艾爾莎……妳很礙事耶？」

「抱歉。夏洛涅個頭太小，我沒注意到妳也在。」

「怎麼可能嘛！妳想吵架喔？」

「妳年紀比我小，要用敬語。」

「敬語是對尊敬的人才用。我又不尊敬艾爾莎，我才不要。」

「好像國中的死小孩會說的意見。」

「氣死了……！所以我才討厭妳這個人！」

「妳對提爾也沒用敬語，對提爾也沒有敬意嗎？」

「提爾是特例！就像家人一樣！我和妳根本就非親非故！」

「只要我將來和提爾結婚，夏洛涅就等同於我的妹妹。」

「我絕不會認同！況且提爾怎麼可能和妳這種人結婚。」

「是這樣嗎？」

艾爾莎將視線轉向我……拜託別這樣，不要波及到我。

「妳看，妳害提爾為難了。這種人怎麼可能當提爾的新娘。」

「就算這樣，夏洛涅也不可能。那種胸部沒機會。」

「和……和胸部無關吧！況且妳和我又沒差多少。」

「沒這回事。我的胸部尺寸大小剛好。恰巧填滿掌心的尺寸，揉起來順手程度出類拔萃。乳頭也很漂亮。相較之下，夏洛涅一無所有。形同斷崖絕壁。」

「妳這個人真是氣死人了！哼！我懶得理妳了！」

夏洛涅使勁甩開臉。

哎……這兩個人真的見面就吵架。

暫且先讓心情差到極點的夏洛涅獨自靜一靜吧。

「我說艾爾莎，妳剛才說妳把更換用的衣服拿來了，但妳到底是從哪拿來的？」

「這裡。」

艾爾莎從衣物底下取出了摺疊整齊的衣物。妳是魔術師嗎？

「我先幫你加溫了。」

「哎，是沒關係啦……那我換個衣服，妳們在這裡等一下。」

我走進附近的樹叢中。更換用的衣物只有運動服的衣褲。不包含內褲，不過這也是當然的吧。

「提爾，這個。」

在我即將開始更衣前，艾爾莎靠過來對我遞出了某個東西。

「哦，這是男用內褲？」

「對。希望你收下。」

「謝啦。」

我接過了內褲……但驚覺不對勁。不知為何溫溫的。和運動服同樣受到艾爾莎的肌膚加溫？不過熱度似乎更在運動服之上？該怎麼說……好像剛剛才脫下似的。

「那個……我可以問一個問題嗎？」

「什麼？」

「這件內褲，妳剛才一直穿著吧？」

「當然。雖然應該有點溼，原諒我。」

「絕不會。」

於是，當然我將那件剛脫下的內褲雙手奉還，只換上那套運動服。在這之後我請夏洛涅與艾爾莎交互對我開槍，繼續進行閃避「魔法」的模擬訓練。

時間不知不覺間來到傍晚，差不多該打道回府了。我們在完成善後工作後，立刻踏上歸途。

為了購物而前往帝都市區的路途中，夏洛涅疲憊到忍不住睡著了，我便將她揹在背上。艾爾莎則正常走在我身旁。

「那個，不重嗎？」

「不要用『那個』稱呼夏洛涅。哎，是沒多重。畢竟個子很小。」

「胸部貼在背上？」

「這種事又不重要。」

哎，若要問有沒有貼到，應該算是有吧。事實上的確有些許膨起壓在背部的感覺。

「換作是我，就能給你更舒服的感觸。」

「不用付諸行動，知道嗎？」

我如此叮嚀後，覺得還是該向艾爾莎道謝。

「話說回來，謝啦。沒吃午餐就陪著我的復健到現在。」

「沒問題。我是自願的。但是如果你真的感謝，希望你至少給我一個吻。」

「不行。」

「那就牽手吧？」

她伸出了一隻手。白淨而纖瘦，看起來不像葬擊士的手。

「哎，只是牽手而已的話……」

我握住了那隻手。光滑的觸感分外宜人。在我湧現這些感想的空檔，艾爾莎得寸進尺攬住了我的手臂。

「喂。」

「不可以？」

「……哎，沒關係啦。」

反正不管我說什麼，她都不會輕易放手吧，短短的歸途就隨便她吧。

「吶，提爾。」

「幹麼？」

「一定要恢復原樣喔。」

她突兀地開口，希冀我重新復職。

「揮劍打倒惡魔的模樣是我的英雄。英雄一定要永遠強悍才行。如果一直安於這種現況，有點無法原諒。」

「是沒錯。」

我知道艾爾莎對我心懷景仰。也知道她因為那份景仰而立志成為葬擊士，而且實際走上與惡魔戰鬥的舞臺。

所以就如她所說的，我必須重新取回最強劍士的實力，有一部分也是為了這傢伙。

「哎，妳等著吧。我一定會再度持劍，殲滅惡魔。」

「約定。」

「嗯，約好了。」

「如果毀約，就要罰你與我舌吻。」

「不要把自己當作懲罰啦。」

「那就現在來吧？」

「打消這個念頭。」

我們如此交談著，不久後抵達了市區。這時夏洛涅也被城鎮街道上的嘈雜吵醒。

之後我們三人並肩而行，她們兩個陪我一起去採購。

「提爾，晚餐的菜色是什麼？」夏洛涅這麼問。

「還沒決定。教官說今天不想吃太多，我想隨便煮點東西就好。」

「但是米亞姊今天從一大早一直工作到傍晚吧？這樣還只吃一點點，真的好嗎？」

「她是這樣講的。聽她說，那工作好像也不會太累。」

因為我錯失機會向她問清楚，我也不知道是何種工作。雖然感覺不像是狩獵惡魔，但如果為了狩獵惡魔以外的委託而找上教官，那究竟是什麼工作？

我想著想著，走了一段時間後，視線突然轉向一座規模特別大的教堂。

那是時常舉辦結婚典禮的著名教堂，今天似乎也舉辦著某些活動。

但那似乎不是結婚典禮。雖然有位新娘打扮的女性，但放眼望去找不到新郎，周遭旁人顯然也不是婚禮的賓客。人數不但少，穿著的服裝也並非正式服裝，他們手中拿著攝影機等器材，看起來應該是業者。

大概是雜誌的攝影之類的吧？好像還用帳篷架了簡易的暗房。

「吶，我們過去看看熱鬧嘛？」

「我也想看。」

夏洛涅與艾爾莎如此央求。她們都是年輕女生，可想見她們對婚紗攝影有興趣。

哎，反正也沒有急事，稍微湊個熱鬧也沒問題。

我們靠近攝影現場。在不踏入教堂的邊緣處遠眺攝影情景的人還不少，我們就混在人群之中參觀。

「……嗯？」

靠近之後，看向扮演新娘的模特兒的瞬間，我感到有些不對勁。

那張臉龐感覺似曾相識。在遠處眺望時因為頭紗遮掩，看不清楚臉龐，但是來到這個距離，隔著頭紗也能隱約分辨五官輪廓。

「吶，提爾，那個人該不會……」

「我也這麼認為。我不會看錯。」

看來夏洛涅與艾爾莎也都注意到了。因此我懷著自信如此低語。

「教官到底在幹麼啊？」

頭紗遮蓋下隱約可見的工整臉龐與紅髮。注視著教官的時間不輸給任何人的我，不可能把教官看成其他人。那人毫無疑問是教官。圍觀的觀眾會這麼多也是當然的吧。

原來如此，不太累人的工作就是指這件事吧。教官單論外觀堪稱完美，這種攝影的委託自然也可能找上她吧。

「不過……」

我再度仔細打量教官。只覺得很美。身穿純白婚紗的教官更凸顯了那份清純與惹人愛憐。

觀看攝影一段時間後，不久後休息的呼喊聲響起。教官像是解除了緊張，放鬆力氣，開始伸懶腰。

就在這時，教官突然將視線轉往我們這些觀眾，我看見她的嘴型變成驚呼的模樣。看來她注意到我們了。

緊接著，教官凝視著我們小動作招手。大概是要我們靠過去吧。但是我們真的可以過去嗎？要是只有我們進去而引起群眾騷動就糟了，我決定稍微繞遠路前往該處。

「教官，原來今天的工作就是這個啊。」

我們走進教堂內部，與身穿婚紗禮服的教官面對面。

「對啊。因為有關婚禮的宣傳雜誌要做婚紗特輯，來問我願不願意當模特兒，我就答應了。」

「好漂亮……」

夏洛涅看呆了似的讚嘆。我也有同感。

「謝謝妳，小夏。」

「不過，米亞知道嗎？聽說結婚前穿上婚紗會晚婚喔。」

「是……是這樣喔？」

艾爾莎澆冷水般如此說道，教官顯得有些驚慌。

「嗯，所以米亞要是就這樣嫁不出去，提爾我就收下了。」

「是……是喔。妳愛怎樣是妳的自由啊。」

教官逞強般說完，視線瞄向我。

「話說小提……那個……這身打扮，你覺得怎麼樣？」

「我覺得很漂亮。勝過我過去看過的任何事物。」

「太……太直接了啦……不……不過……嗯，我很高興。謝謝你。」

教官在轉瞬間展露笑容，那惹人愛憐之處今天也沒有分毫改變。

就在這時——

「塞繆爾小姐，接下來的攝影要在教堂裡進行。服裝穿現在這套就可以了。」

「啊，了解了。請各位工作人員也要在這次休息時間好好休息喔。」

「謝謝妳的關心。稍後再集合。」

走向教官的工作人員說完後又離開。

「那麼，接下來小提你們有什麼打算？既然來了，要不要進去參觀？」

「無關人士也沒關係嗎？會不會礙事？」

我如此問道，教官露出溫柔的表情左右搖頭。

「只是在旁邊看的話，我想工作人員也會同意吧。」

「這樣的話，請讓我們參觀吧。」

「就這樣決定了。那我們就進教堂裡吧。」

在教官的帶領下，我們被帶到下一個拍攝現場中。

對方立刻就同意讓我們參觀，我們便在旁觀看教官的拍攝工作。

夕陽光芒透過色彩鮮豔的彩繪玻璃，華美照亮教堂的內部。在這片情景中，靜佇於祭壇前方的教官看起來光采奪目，耀眼得甚至不輸給彩繪玻璃。

和方才在外頭拍攝時相同，模特兒只有教官獨自一人。戴著頭紗的迷人新娘身旁空蕩蕩的。彷彿象徵了教官的現況般，只有她一人就形成一幅美麗的圖畫。但是，總有一天會有個人並肩站在她身旁吧。而我希望那個人會是我。

雖然米亞教官今年二十六歲，但年輕的外表說是十來歲也不誇張。個性也不差。唯一的問題就是喝了酒就會性情大變這一點吧，不過這種缺點，不在乎的人應該所在多有。

她的條件肯定相當優良才對。但是從來沒傳出男女之間的傳聞。那大概是因為教官自己非常嚴格地限縮了交往對象的範圍吧。

她的意中人究竟是誰？

我猜不透教官的心情。

就在我想著這些事的時候，教官的單人攝影不停進行著。在太陽差不多將完全西沉時，攝影工作終於告一段落。

「塞繆爾小姐，辛苦了。接下來妳可以換回自己的服裝，然後我們會將報酬交給妳。」

「在那之前可以幫我們額外拍張照嗎？」

「啊，該不會是想和那邊的英雄合照？」

攝影師這麼說著，眼神飄向我。

「事情我都聽說了。聽說上次的大戰他賭上性命挺身保護妳啊？該不會，兩位其實是那種關係？」

「不是不是，很遺憾並非如此。雖然我也覺得能演變成那樣就好了。」

米亞教官如此回答。

一定是因為那樣回答對方會比較開心，並非發自真心吧。

「彼此差九歲吧？那樣完全沒問題吧。那邊那位罪孽深重的英雄小弟，要早點讓塞繆爾小姐穿上真正的婚紗喔。」

緊接著攝影師居然這樣對我說……要是她願意，我當然也想讓她穿上真正的婚紗禮服。

「哎，先不提這些。塞繆爾小姐，要額外加拍也沒問題。反正底片也還有剩，就當成送妳的吧。不嫌棄的話，那邊的女生要不要也一起拍？想穿的話，禮服也能借給妳們。」

攝影師看向夏洛涅與艾爾莎這麼說道。

「咦？我們也可以拍嗎？好棒喔！我早就想穿一次看看了！」

「這是向提爾獻媚的好機會。」

夏洛涅對於參加攝影表現率真的喜悅，同時艾爾莎暴露了邪惡的念頭。

因為她們兩人也要換穿禮服，我便在原處等了十分鐘左右，不久後——

「鏘～～提爾你看！這件禮服很可愛吧？」

「我想穿這件和提爾交合。」

夏洛涅與艾爾莎如此說著而現身，稱得上貨真價實的可愛。

夏洛涅的禮服以許多荷葉邊點綴，另一方面艾爾莎的禮服造型洗鍊，有種優雅的格調。

「哎呀，妳們看起來都很棒喔。夏洛涅的很可愛，艾爾莎的很高雅喔。」

教官如此稱讚兩人的婚紗打扮時，夏洛涅與艾爾莎同時走向我。

「提爾！是我最漂亮吧！」

「不對。肯定是我。」

「等……等一下等一下，冷靜點。首先大前提是教官排第一，知道嗎？」

我如此宣告後，教官有點得意地挺起胸，夏洛涅與艾爾莎則是不服氣地鼓起臉頰。

「喂，提爾！這次你要用公平公正的眼光判斷才可以！」

「老是偏袒米亞，不公平。」

「別激動嘛，兩位。我想小提的審美眼光很公正了。」

「他都說前提是米亞姊排第一了，只有米亞姊會有這種感覺！」

「嗯。提爾偏心。」

兩人對我的標準充滿了不滿，對我咄咄逼人地表現自己。

「提爾，你看清楚一點！我在這之中最年輕，才十四歲喔！比米亞姊年輕了整整十二歲！十四歲少女的婚紗打扮可沒有那麼容易見到，希望你把這一點也列入考量！」

「要聲明自己很年輕是沒關係，不要拿教官來做比較。」

教官也是會受傷嘍。妳看，好像有點鬧起彆扭地鼓著臉頰了。

「提爾，我是各方面都剛剛好的選項喔。」艾爾莎說道。「夏洛涅太蘿莉了，米亞則是老太婆，在這之中我和提爾同樣十七歲。而且相當性感。只要提爾要求，我什麼都能配合，論這方面的寬容程度絕不輸給任何人。米亞一定不會配合不正常的玩法。因為她根本沒經驗。」

「就說不要拿教官來做比較了。」

被人公開說沒經驗，教官臉頰泛紅。

「快點啊，提爾。重新打分數。」

「合理來看我是第一。」

夏洛涅與艾爾莎這麼說，要求我拿出新的結論。

「呃……既然這樣，乾脆大家都第一名，這樣可以嗎？」

「想逃喔？」

「提爾，逃走中。」

「愛怎麼講都隨便妳們。那樣最和平吧？」

我這樣說的同時，攝影師傷腦筋地搔著臉頰。

「那個……是不是差不多可以拍了？畢竟時間也有限。」

「不……不好意思。可以了，請開始吧。麻煩你了。」

教官代表眾人道歉，不久後我聽從指示移動至祭壇前方。

「以他為主角，其他人一個接一個輪流，就這樣拍吧？」

因為攝影師大致解釋了計畫，教官她們三名女性彼此討論，決定首先由夏洛涅和我一起拍照。

「好，那麼兩位，可以請你們靠得更近一點嗎？」

我和站在我身旁的夏洛涅貼緊到毫無距離。

「啊，可是，嗯~……身高有點差距，兩個人並排感覺不太對。英雄小弟，可以麻煩你將她公主抱嗎？」

「咦？好吧……知道了。」

雖然指示來得突然，但我也能理解這樣拍起來想必比較好看。我沒有反駁，準備抱起夏洛涅的身體。

「夏洛涅，我要把妳抬起來嘍？」

「呃，嗯。不可以亂摸喔。」

我點頭回應她的忠告，將夏洛涅的身軀攔腰抱起。夏洛涅這種嬌小的體格，憑我現在的肌力也能直接抱起。換作是教官或艾爾莎大概就有點吃力了。

「好羨慕。」

看著公主抱狀態的夏洛涅，艾爾莎輕聲呢喃。

「我……我一點也不覺得羨慕喔。真的就連一點也不覺得羨慕。」

教官的反應像是裝作若無其事，但心中還是忍不住在意，雖然無法分辨是不是嫉妒，但是滿可愛的。

這時攝影師終於按下快門，我和夏洛涅的拍攝結束了。

接下來輪到艾爾莎。艾爾莎與夏洛涅交替，來到我身旁，並且對我的位置提出要求。

「提爾，可以單膝跪地壓低身子嗎？」

「妳想幹麼？」

我雖然心生疑問，但還是照做。

「然後把耳朵貼到我的腹部上。」

「喂，這個姿勢不就好像孕婦和聽肚子聲音的丈夫一樣？」

「這就是我的用意。」

「我說妳啊……」

為什麼要挑那種莫名露骨的情境啊？而且平常的黃色笑話也很過分。

「你也可以拒絕，但如果拒絕就要用接吻的姿勢——」

「那就乾脆這樣吧！」

認為一定要避免接吻，我將耳朵貼到艾爾莎的腹部。

「太……太骯髒了！這什麼姿勢啊！」

夏洛涅大感憤慨的同時，教官也對艾爾莎委婉指責。

「我說艾爾莎，這未免太超過了吧？」

「我不知道為什麼妳們有這麼多意見。覺得羨慕的話，接下來米亞也這樣要求就好了。」

「我……我不是因為羨慕……」

「那就請妳安靜旁觀。」

「真……真是沒大沒小……」

教官完全講不過艾爾莎。其實艾爾莎有時候滿倔強的。教官雖然同樣個性強勢，但似乎招架不住進攻。也許我更積極表示好感會更有效果？

在我這麼想的時候，我和艾爾莎的照片已經拍好，接下來輪到我和教官了。

「小提想拍成什麼樣？我會配合小提的想法喔。」

另外兩個人完全不問我的想法，但教官卻不一樣。在這方面讓我清楚感受到高下之差。這就是大人的從容，或者該說是懂得體恤對方的理想女性吧？

「我只要單純站在一起拍照就好了。」

「是喔？那就這樣拍吧。」

教官平靜地微笑，站到我身邊。

攝影師有點無法滿意般歪過頭。

「這樣好像太單調了些，塞繆爾小姐，增加一些小道具吧？」

「小道具？」

「就這個。」

攝影師請工作人員準備了裝著葡萄酒的玻璃杯，遞給教官。

「這樣應該能展現一些優雅氣氛。」

「原來如此。」

教官點了點頭，輕嗅酒的香味。

「哦？很香耶。」

「不可以喝喔！最好也不要聞太久……」

「這我自己清楚。」

這麼說完，教官轉身與我面對面。

「小提，在請人拍照之前，想不想模仿一下結婚典禮的感覺？」

「咦？」

不理會納悶的我，教官愉快又流暢地編織臺詞：

「新郎提爾・弗德奧特，你願意遵守神聖的婚姻契約，發誓與新娘米亞・塞繆爾，無論病痛或健康之時，無論富有或貧困之時，攜手同行永遠忠誠，誓言相愛直到死亡使兩人分離為止，將妻子時時放在心上，一生只與妻子廝守嗎？」

教官會玩這種扮家家酒還真稀奇。大概是受到場地氣氛的影響，讓她一時起了玩心吧。那我也沒必要一本正經地指正，就順著她的意思吧。

「我發誓。」

「……！」

頭紗底下隱約可見的臉頰似乎微微發紅，那是我的錯覺嗎？

「那……小提……幫我掀起頭紗？」

教官說著，閉上眼睛。

心臟猛然蹦跳。

這情境該不會……真的可以吻下去？

「——開玩笑的啦。」

但是下個瞬間，教官打趣般如此說道。

我不禁鬆了口氣，但也覺得可惜。

夏洛涅與艾爾莎似乎也放鬆了緊張。

雖然如此，現在的教官感覺和平常不太一樣。

真的只是一時興起？該不會她早就因為因為酒的味道而醉了吧？

雖然我這麼想——

「哎，言歸正傳，不能再占用大家的時間了，快點請人家拍照吧。」

教官說著，依偎在我身旁，轉動身子面向攝影機。

「這個嘛……這個姿勢怎麼樣？」

教官手拿玻璃杯，同時緊緊攬住我的手臂，全身貼向我。

「米……米亞姊好大膽……」

「米亞，太拚了。」

就如夏洛涅與艾爾莎所說。現在教官莫名積極的攻勢確實不像平常狀態，這恐怕是

因為聞到酒的味道讓她醉了。就和前幾天在浴室發生的那事件相同。教官還是老樣子對酒精全無抵抗力啊……

「那個……那樣沒問題嗎？沒問題的話要拍嘍。」

「是的，沒問題，麻煩你了。」

對攝影師如此告知後，教官更加貼緊了我。我那條手臂已經完全埋進柔軟雙峰的山谷之間，呈現超乎想像的幸運狀態。簡而言之完全就是一派溫軟，甚至令我心頭自然湧現對誕生於世上的感謝之情。

「教官，我還是提醒一下好了……那個，也許妳沒注意到，但胸部完全壓過來嘍？」

「小提……那是誤會喔。」

教官表情有些害臊，拉高視線看向我。

「我的胸部，不是沒注意到……是故意的。」

「……！」

「呵呵～還是要我抱得更～緊一點比較好？」

「不……不了，用不著抱得更緊……」

「用不著害羞也沒關係喔。小提很喜歡女生的胸部嘛。畢竟那兩個人完全沒有這玩意兒，想要就大方找我討嘛。」

「我……我才不會……！」

「是喔？有朝一日結婚之後不要客氣喔。」

「結……結婚？」

「小提要當專業主夫喔？我會養、你、的♪」

「我……我拒絕當小白臉！」

「是喔～會拒絕這麼有魅力的誘惑，大概也只有小提了吧。不過這種一板一眼的地方——我很喜歡喔。」

她像是在耳畔細語般對我說。我心中的某種東西似乎在慘叫聲中瀕臨崩壞，但我再三告誡自己此處是公眾場合，克制自己的精神。

之後對方幫我和教官拍了數張照片，額外的紀念拍攝就此告終。

照片在簡易帳篷的暗房中顯影，當場就交到我們手上。

天色已經全黑，在閃爍群星露臉的天空下——

「不……不是啦……剛才的我不是我。」

在教堂的工作結束，與攝影師們也已經道別，在歸途上我聽見教官如此辯解。夏洛涅與艾爾莎也都在場。

「只是因為酒的氣味……所以才會……明白嗎？」

「我覺得用不著在意啊。不檢點的教官我也喜歡。」

「——！」

我這麼說完，教官頓時滿臉通紅。

「小提大笨蛋……！」

她大喊著不知跑向何處。就方向來看，大概是逃回自家了吧。

教官這樣的反應讓我感覺到變化。

按照過去的常態，只要我表示好感，教官就會以內疚為理由拒絕我。

但是剛才的教官沒有這麼做，而是率直地在害羞中逃走。

在教官心中發生了某些變化嗎？

雖然我也說不清楚，但怎麼想都覺得那反應和過去的教官不同。

「嗚呃，剛才我到底看到了什麼啊……」

「嫉妒。氣憤。想橫刀奪愛。」

夏洛涅和艾爾莎這麼說著。

「吶，提爾……提爾現在還是喜歡米亞姊吧？」

「是啊。所以身體才會不由自主衝上去擋下攻擊，保護她啊。」

「我……我雖然支持提爾回歸戰場，但是那方面我不會幫忙打氣喔！」

「我也不會。而且還會礙事。」

「可以啊，隨便妳們啦。我也不會責備妳們。」

這兩個傢伙大概也有她們自己的心意，但那不是我能改變的領域。各自按照各自的想法去做就好。只求不要後悔。

「話說回來，我接下來還要去買東西，妳們呢？」

「時間也不早了，我今天就先回去了。孩子們也在等我。」

「我也要回去預備任務。」

「是喔。回家路上自己小心喔。」

於是我和兩人道別，獨自一人前往市場。

「嗯？這不是提爾嗎？」

就在我購物的時候，遇見了在葬擊士協會帝都中央分局擔任櫃檯小姐的瑟伊迪小姐。在那個櫃檯之外的地方遇見她，這好像還是第一次。

「提爾也來買東西？」

「差不多。」

「這樣啊。和米亞有什麼進展嗎？」

「不，沒什麼值得一提的……」

「是這樣啊。不過米亞似乎正試著想改變喔。」

「咦？」

「希望你再多等待她一點時間。」

瑟伊迪小姐說完，對我微笑。

我剛才從教官身上感覺到的變化，她似乎知情。

但是既然她要我等待，我想我現在不該追問，只要靜靜等待時機到來。

「話說提爾，我有件事想問你一下。」

「什麼事？」

「我記得你和伽列夏諾好像彼此認識？」

聽見那名字讓我有些不愉快，但我一派冷靜地回答。

「……與其說彼此認識，只是在訓練所剛好同班而已。」

而且還被他嫉妒外加死纏爛打，簡直是超越孽緣的關係。

「伽列夏諾他怎麼了嗎？我記得他原本是中央分局底下的人吧？」

「是的。老實說，他現在行蹤不明。」

「行蹤不明……？」

「是的。從前些日子就不曾在『聖騎士庭院』露面，老家似乎也提出了尋人請求。所以中央分局也接到提供情報的要求。提爾你有頭緒嗎？」

「不，我沒有……」

幾天前在孤兒院遇見伽列夏諾後，我就再也沒見過他。再說我們也不是朋友，我不曾注意他的動向，也沒興趣。

「這樣啊。那麼要是你發現他的行蹤，屆時請通知我們。」

「我知道了。要是看到他，我會的。」

如此交談之後，我和瑟伊迪小姐道別。

（那傢伙現在行蹤不明啊……）

老實說這種事我毫不關心。那傢伙就等同於外敵。不管他現況如何，都與我無關，不過……

（哎……要是路上見到就打聲招呼吧。）

但是完全不出手協助，實在有違我的良心。

萬一真的撞見了，好歹會打聲招呼，也會向瑟伊迪小姐報告。

但是我自己絕對不會積極主動地去尋找他的下落。

我心中這麼想著，繼續購物。

第六章　比平常特別的時光

數天後，我從上午就到其他地區執行狩獵惡魔的任務，完成任務後下午搭乘蒸氣火車回到了帝都中央車站。夏洛涅與艾爾莎也與我同行。

「總覺得提爾的射擊能力厲害到讓人會怕耶，今天我們明明是擔心才陪你一起來，結果卻是提爾一個人就統統收拾掉了。」

「我們都沒派上用場。」

走出車站大廳，我們準備回到葬擊士協會帝都中央分局。因為距離車站不遠，步行兩分鐘就能抵達。

「不過因為有妳們在，有些部分也輕鬆不少啊。多虧有妳們在，往來兩小時的火車車程也很開心。」

「……感覺完全不被算在戰力之中。」

「夏洛涅好可憐。」

「妳還不是一樣！又不只我一個！況且妳明明就比我弱吧！我是『四翼』，而妳是『三翼』喔！」

夏洛涅與艾爾莎互相挑釁拌嘴。不過這是家常便飯，我並不在意。

我們很快就抵達帝都中央分局，走向櫃檯。

「瑟伊迪小姐，我們回來了。」

「啊，提爾歡迎回來。謝謝你參加分局的任務。」

「不會，剛好能當作復健。」

「能把任務當作復健的，也只有你這種水準的人吧？」

雖然語氣聽起來訝異，不過她指的大概是超乎常人的意思吧。

「夏洛和艾爾也都辛苦了。總而言之請先報告戰果。」

「呃……夏洛涅．迪斯艾提德四翼，戰果為零。」

「艾爾莎．庫吉斯特三翼，同樣戰果為零。」

「所以說，全都是提爾一個人解決的？」

「應該沒問題吧？」

「呃，這個嘛，這是完全沒問題……這兩個人其實實力不弱啊。居然能讓這兩個人的戰果降到零，提爾真的非常了不起呢。」

「雖然我很感謝妳的讚美，但我不覺得這個結果有多麼了不起。更正確地說，我覺得在這種狀態下拿出多少戰果也沒意義。」

現在重要的並非結果，而是在過程中能取回多少原本的自己。

為了殲滅惡魔，而且也為了消除米亞教官的內疚，我必須讓自己的實力完全恢復。為此的努力與鍛鍊都沒有妥協餘地。

「瑟伊迪小姐，還有其他能接的任務嗎？我沒時間能休息。」

「不巧目前沒有喔。所以這段時間請先好好休息。」

有種碰了軟釘子的心情。哎，不過也沒辦法。

之後我與夏洛涅和艾爾莎道別，離開了帝都中央分局。

——當天夜裡。

「小……小提……？」

這時我已吃過晚餐、洗過澡，之後該做的事只剩就寢。

飲用睡前的一杯熱牛奶時，坐在桌子對面的教官對我開口搭話。穿著睡衣的教官同樣也喝著熱牛奶，但熱飲帶來的放鬆效果似乎完全沒有生效，臉上掛著莫名緊張的表情。

「有什麼事嗎？」

我感到疑惑的同時催促教官說下去，只見她輕啜熱牛奶，吸氣而又吐氣，之後又自言自語說「要冷靜，要冷靜」，最後才筆直看向我的雙眼。

「那……那個喔……」

「……嗯。」

「因為事出突然，也許你會嚇到……」

「……嗯。」

「明……明天……」

「……嗯。」

「要不要……和我約會？」

「……呃？」

雖然剛才的氣氛明顯並非尋常，但這句話還是超乎我的預料。

短暫的時間內，腦袋變成一片空白。約會。這是與我的人生再遙遠不過的字眼。

「那個……教官是說真的？」

我好不容易擠出的只有這句話。

雖然最近沒被當面拒絕，但教官一度回絕我的好意，實在搞不懂她邀我去約會的用意。

然而相較於我的困惑，教官臉上浮現認真的神情——

「那個，小提，我是認真的喔。我想要給你更多活力。」

「……活力？」

「嗯。而且我也想要療癒你。你現在當狙擊手雖然似乎得心應手，但是我不希望你在此止步，希望你更加更加努力下去，所以……」

「教官……」

教官的語氣之認真，讓我剛才的遲疑都顯得失禮。

純粹只為我著想的真誠眼神。

在那眼神之中，現在似乎藏著幾分不安。

擔心會不會被我拒絕；懷疑是不是多管閒事；忍不住為提出約會的邀約而後悔，甚至顯得泫然欲泣。

「——」

目睹這樣的反應，我轉瞬間捨棄多餘的思緒。

既然知道教官是認真的，我的回答就已經決定了。

「我明白了，教官。我答應和妳去約會。」

「——！真的嗎？」

教官激動得上半身前傾，隔著桌子直盯著我瞧。

「是真的。我可以期待嗎？」

「那當然！」

教官洋溢著喜色如此說道，緊接著問我：

「那個，小提。其實計畫的細節之類的都完全沒決定，所以能不能告訴我，你覺得怎麼樣的約會比較好，讓我當作參考？」

「嗯……哎，只要和教官一起都好。」

「原來如此……了解了。那你就儘管期待明天到來吧。」

「我會稍微提高期待標準喔。」

「我……我一定會超越的！」

米亞教官使勁握拳——啪的一聲響起，不知什麼東西發出了斷裂聲。教官的馬尾倏地在空中散開，變成放下頭髮的狀態……嗯？

「哎呀……緞帶好像斷掉了。」

教官拾起了掉落在地面上的緞帶，苦笑般低語。

「雖然我很喜歡這條，不過都用好幾年了，斷掉也很正常吧。」

教官看起來並不為此消沉，將緞帶收進口袋中。

「哎，不管怎樣，明天的約會請多指教嘍，小提。」

「好的，我會期待的。」

於是，為了預備明天的到來，我決定今天提早就寢。

——約會當天的早晨。在車站前總是人來人往的帝都鬧區的入口附近，我靜佇於此。

只有我獨自一人。並不是因為約會取消了，而是因為教官要我先到約好的會合場所，半強迫地送我出門。

「……約會啊。」

和教官一同外出、購物、合作任務等等，過去我們兩人獨處的經驗已經多到數不清。但是一次也不曾以約會的名義一同外出。

有種難以言喻的緊張感。是我想太多了吧？也許我的思緒被困在約會這個字眼上打轉，實質上還是與教官兩人獨處並共度時光而已，說穿了與平常沒有任何不同，所以我只要維持平常心應該就沒問題。

沒錯，我只要好好去享受與教官獨處的時光就對了。為了不辜負教官想帶給我活力與療癒的那份心意，我應該要輕鬆以對吧。

呼……我深呼吸，準備迎接教官現身的瞬間。

就在這時，我突然想到。我現在這樣兩手空空，真的好嗎？

畢竟是難得的初次約會，至少準備個禮物應該比較好吧？撇開約會云云不談，我平日總是受到教官的扶持……就當作是聊表心意也好，應該送個禮物給教官的想法漸漸變強。

「——對了。」

不過，要送什麼才好？接下來就要約會了，就怕不方便隨身攜帶……

我想著想著，一個點子突然浮現。我連忙趕往附近的雜貨店，找到目標的品項請人

包裝好，之後立刻回到會合場所。教官還沒抵達現場，我鬆了口氣。

這時——就在這瞬間，我瞥見意料之外的人物。

「……嗯？」

一個男人沿著路邊移動，橫跨我的視野。

銀灰髮絲長到蓋住耳朵的程度，只有臉龐格外工整的男人。

我倒抽一口氣。我絕不會看錯，那人肯定是——伽列夏諾。

「那傢伙……家人都發出尋人請求了，還在這裡閒晃……」

據說伽列夏諾最近行蹤不明，旁人似乎正擔憂其安危。

那樣的男人現在正前往某處。不管他想去哪裡都無所謂，既然遇見了他，就該上前問一聲吧。雖然我實在不想找他搭話，但畢竟狀況特殊。

我追向伽列夏諾。因為他走進小巷中，我當然直接追趕過去。然而……

（……不見了？）

走進小巷後我卻跟丟了伽列夏諾。一絲氣息都感覺不到。

雖然巷弄有點複雜，但應該不會這麼簡單就跟丟……

——就在這時，身穿黑長袍的人影掠過視野邊緣。是什麼？我這麼想著，邁步走向該處。走過轉角，前去確認我剛才親眼目睹的人影。但是——

（……只是錯覺嗎？）

走過轉角，眼前還是沒有人影。伽列夏諾的身影也同樣不知去向。

雖然我想在附近再多調查，但是約會時間在即，也不能將時間耗費在無謂的問題上……只將目擊情報告知瑟伊迪小姐就夠了吧。

我這麼想著，走出小巷，來到離車站相當近的葬擊士協會帝都分局，向今天也在櫃檯工作的瑟伊迪小姐告知伽列夏諾的目擊情報。

「是這樣啊，感謝你，提爾。之前聽說他不知消失到何處，光是能確認他的行蹤就能暫且放心了吧。」

「那我就先告辭了。」

「啊，對了，提爾。接下來你要和米亞約會吧？關於約會的計畫，昨天晚上我給了她一點建議，敬請期待喔。」

「所以說，那個人在我睡著之後又跑去酒吧了啊……畢竟也不年輕了，希望她好好休息啊。」

「哎呀，因為是我邀她的，你就原諒她吧。閒聊就到這裡吧，你再不快點去，米亞就要到嘍。提爾，加油喔！」

「好的……——那我就先走了。」

離開分局，回到約定碰面的場所。米亞教官還沒到。太好了。要是明明先出門卻遲到，實在不是開玩笑的。

我想著這些事的同時繼續等待，等到最後——

「小提，讓你久等了。」

教官從背後呼喚我。

我過身，來到此處的教官映入眼簾的瞬間。

「……咦？」

我不禁懷疑我的眼睛。

「那個，呃……」

因為無法輕易相信的情景就近在眼前。

「很……很奇怪嗎？」

米亞教官害臊地低語。

那身打扮居然是——帝都葬擊士訓練所的制服。

為了在鍛鍊時也能方便動作，女訓練生身穿的制服經過澈底的輕量化。儘管將功能性放在第一，但是單論設計也不差，和一般教育機關制服的西裝外套與百褶裙沒有太大差異。

對我來說，過去在訓練所時代隨時都能見到其他女生如此打扮，要說司空見慣倒也沒錯。然而，和我相遇是已經大人的教官穿上這套服裝的模樣，還是第一次見到，老實說我大吃一驚。

「為……為什麼會打扮成這樣……？」

「瑟伊迪建議我的……她說男人都喜歡制服，叫我穿這套去約會。」

瑟伊迪小姐，妳這個人真是……

「所以我翻出了訓練所時代的制服，像這樣穿來約會了……很奇怪嗎？」

「不會，一點也不奇怪。我覺得很適合喔。」

這絕非場面話，真心覺得適合。大概是想表現當年的氣氛吧？長髮並非在後方束起，而是直接披在背上。化妝只有若有似無的程度這點一如平常，但是這種率真展現自己的感覺更增強了學生的氣氛。明明都二十六歲了，制服打扮卻這麼合適，這樣真的好嗎？雖然制服有些緊繃，不過這也別有韻味。搭配上靛藍絲襪也棒透了。絕對領域白皙得眩目。

「真……真的？很適合？」

「是的，非常。」

「呼～太好了……要是你說不堪入目，我真不知該如何是好。」

米亞教官安心地吐出一口氣。哪會不堪入目，制服打扮簡直合適過頭了，周遭的人們甚至認不出她是教官。恐怕只認為她是位默默無名的女訓練生吧。注意到我的行人甚至還不由得呢喃：「旁邊那個女生是誰？」

「那麼，早點開始約會行程吧？」

「啊，教官，請稍等一下。其實我有東西想交給妳。」

「咦？是什麼？」

「請收下。」

我從懷裡取出包裝好的禮物，遞給教官。

教官像是深受感動般倏地伸手掩嘴，我逕自繼續說道。

「因為是第一次約會，我想就當作紀念。」

「小提……你用不著這麼費心……」

「這同時也為了表示平常的謝意。謝謝教官總是帶給我祥和。我特地選了不占空間的東西，請教官收下。當然，不想要的話我也不勉強。」

「沒這回事，我收下了……我才該道謝。我很高興。」

教官的眼角泛著淚光，從我手中接下了包裝好的禮物。

「我可以打開嗎？」

「當然可以。」

我如此回答，教官便小心翼翼地動手拆開包裝紙。最後自包裝中出現了一條緞帶，目睹的瞬間，教官的表情霎那間綻放光芒。

「啊，你為我選了緞帶啊。該不會是因為昨天晚上那件事？」

「嗯。如果教官中意的話，我也會很開心。」

「要我不中意還比較難。你稍等一下。我現在就戴上。」

教官說完便用那條新的緞帶束起頭髮。但並非平常的馬尾而是側馬尾，大概是因為如果像平常那樣束起頭髮，教官的身分被人認出來的可能性會增加吧。換言之，也許教官在約會的過程中想扮演默默無名的女訓練生。

「怎麼樣？合適嗎？」

「合適。非常可愛喔。」

「是喔？那也是拜小提的眼光所賜。這條緞帶，真的很謝謝你。」

教官心滿意足地說完，隨後牽起我的手。

「言歸正傳，接下來開始約會吧？」

「要去哪裡已經決定了？」

「嗯。今天啊，我想去最近在帝都郊外開幕的複合型遊樂設施。」

傳聞我也曾耳聞。聽說那是座頗有口碑的主題樂園，內部包含各種不同的設施，光是在那邊就能輕易打發一整天。因為我原本就想去體驗看看，因此對這選擇相當感謝。

「要用走的有點遠，就先找輛馬車吧？」

教官這麼說，叫住一輛空馬車，我們坐進車廂中。

對車夫告知去處後，馬車隨即啟程。我們並肩坐在馬車的車廂中，教官的笑容燦爛到堪稱前所未見。

仔細一想——教官曾說過她在學生時代一心一意專注於鍛鍊。雖然有瑟伊迪小姐建議，但教官會這樣穿著制服前來約會，終究是因為她心中有份想要連同訓練生時代的份一併盡興玩樂的心情吧。

若不提與教官的時光，我的學生時代也同樣算不上多麼光明燦爛。

既然如此，我決定今天要連同那灰暗時代的份一併盡情享受。

「——小提，你看你看！看得見了！」

過了一小段時間後，教官興奮地指著車窗外。

建築物林立的主題樂園已經就在不遠處了。

雖然不知道究竟有多麼寬廣，但是占地想必非常大吧。

「好，到了！」

數分鐘後，馬車停止在主題樂園的入口前，我一下車就被情緒依然興奮的教官拉住手臂，急急忙忙入場。

走過入口大門後，我們置身人潮往來的中央廣場之中。

我目睹遊客之多而目瞪口呆時，教官拉扯著我的衣服。

「吶，小提小提！要不要先稍微吃點東西？」

「一來就要吃了？是沒關係啦。」

「那就這麼決定了。那就去遊樂園裡話題正紅的甜點舖吧！」

雖然我不清楚當下的流行，不過米亞教官不愧身為女性，對流行似乎瞭若指掌。

教官走在前面領著我，首先造訪了她說的人氣甜點舖。

「嗚哇……很多人在排隊耶。」

「因為是人氣景點，這也沒辦法。我們也一起排吧。」

我們成為了排隊遊客的一分子。大約二十分鐘後我們進入店內。

「雖然終於排到了……要點什麼才好？教官，有什麼特別想吃的嗎？」

「那個名叫東國風湯圓的甜點，還有使用沙庫德農場產的牛奶的鮮奶油百匯聽說特別受歡迎。」

「那就各點一份嚐嚐看吧？」

我們點了東國風湯圓和鮮奶油百匯，兩份甜點很快就送上桌。

我們沒有區分這份是我的或教官的，打算兩個人共享兩份甜點。

「那我從湯圓開始吃喔。」

坐在對面的教官如此說完開始享用東國風湯圓。將這國家市面上罕見，名叫豆沙的黑色黏醬沾在湯圓上食用的甜點。我從鮮奶油百匯開始享用。鮮奶油似乎是以夏洛涅最喜歡的沙庫德農場的牛奶所製成。

「嗯——這個豆沙好甜好好吃。湯圓的彈性口感也好棒。」

「教官，這邊的百匯也很不錯喔。鮮奶油很濃郁但是爽口。」

「那我也要嚐嚐看那個。」

教官用湯匙挖起一杓百匯，整個送進口中。

「哎呀，真的很濃郁呢。和豆沙混合起來感覺會更好吃。」

「把不同的料理混合起來吃，這是小孩子才會有的想法吧？」

「這……這代表感性還很年輕！讓我試一次看看。」

教官說完，在加了豆沙的湯圓上額外再追加百匯的鮮奶油。

教官做這種孩子氣的事，感覺滿稀奇的。大概是平常總是注意著別人的目光，壓抑了這樣的行為吧。不過現在她正在盡情享受身為無名女訓練生的學生生活，因此遠比平常更能拋開拘束吧？

「那麼，我要來嚐嚐看了。」

哎，也不至於難吃吧。我默默想著的同時，教官將那混合調味湯圓送進口中。在這瞬間，教官的雙眼倏地圓睜，隨後傳出滿意的氣息聲。看來即席調味成功了。

「很好吃，這樣很好吃……甚至想推薦店裡採用呢。」

「有這麼好吃？那我也試試看。」

所以我也做了同樣的甜點，相信教官而張嘴品嚐。

「原來如此……」

放到舌頭上的瞬間就理解教官所言不虛。豆沙與鮮奶油想必本來就是高品質，混合起來有這樣的效果也是理所當然。不過只有豆沙和鮮奶油大概不至於有這樣的感想吧。我想正是因為有樸素無味的湯圓同在，雙方才能調和至斯。

在這時，教官製作了第二顆混合調味湯圓，正要放進口中品嚐——但是在途中，湯圓卻從湯匙上滾落。

「啊，教官在幹麼啊。」

「沒……沒事的，沒事！沒掉在地上，掉在大腿上而已！」

米亞教官說完，用指尖夾起湯圓，含進嘴裡。

「……吃之前先擦乾淨啦。」

我拿著溼紙巾站起身，移動至教官身旁。仔細一看，與豆沙混合的鮮奶油就沾黏在所謂的絕對領域——裙子與絲襪之間的位置。

「啊，小提要幫我擦？那就拜託你了。」

雖然她這麼說，但這樣真的好嗎？哎，反正只是擦乾淨而已，早點解決吧。

我屏除雜念，在她身旁蹲下身，想幫教官把大腿擦乾淨。

但是，因為蹲下時視線的高度與大腿呈現水平——

「……！」

教官那誘人的裙底風光幾乎要映入眼簾。雖然目前還看不見，但教官只要將那白皙豐潤的大腿對我稍微張開一點點，想必能一覽無遺——

「小……小提……你靠得太近了啦，我會難為情……」

那聲音讓我倏地驚覺，自己在無意識間將臉湊到了教官的大腿旁。置身其他客人也在場的店內，我到底在做什麼啊？猛烈反省的同時，我連忙將鮮奶油擦乾淨。

「真是的……剛才那樣真的不對喔！知道嗎？」

「……我很抱歉。」

羞紅了臉的教官如此責備我的場面結束後，我們啜飲紅茶洗去口腔中的甜味，看時候也差不多了，便一同離開甜點店。

「想找機會品嚐一次的甜點，兩種都體驗到了，我很滿足喔。小提感覺怎麼樣？」

「那種店男的一個人不方便進去，我覺得是不錯的體驗。」

「那就好。那接下來就去這邊。」

接著教官再度領著我在主題樂園內移動。走了一段路後我們造訪了——

「水族館？」

似乎是水中生物的博覽展。她說這是展示活生生的水生生物的設施。

「只要一次就好，我一直想來水族館看看。而且選這種場所來約會，不是很有學生的感覺嗎？」

她果然很注重學生約會的氣氛。

「好了好了，我們快點進去吧。究竟有什麼正等待著我們呢？」

教官牽著我的手，我們支付了入館費用，步入館內。

館內光線陰暗，進去後馬上就撞見一個巨大的水槽鎮坐在眼前，迴游魚在該處組成隊伍來回游動。

「主要好像是展示海中生物啊。」

「重點就在這裡啊。帝都位在帝國的內陸區，根本沒有海吧？——啊！你看你看！那邊還有企鵝喔！我們去看吧！」

情緒高昂的教官興奮得實在不像二十六歲。

「哇～好可愛～好像小提一樣。」

教官來到海獺的水槽，看著企鵝如此說道。

「教官，妳興奮過頭而講著莫名其妙的話，有自覺嗎？」

「咦？但是實際上就很像小提啊，那隻企鵝。」

「……哪裡像？」

「嗯～除了可愛這點之外的話……全身黑白兩色這一點吧？」

因為也算不上說錯，我完全無法反駁。

在這之後我們徜徉在水族館內，盡情觀賞之後回到外頭。

「啊～真的好棒～真沒想到居然連海獺都能見到。」

「大概是從北方連同萬年冰一起運過來的吧。」

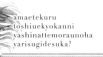

「嗯。總之見到了很多種生物，滿足滿足！我的欲求漸漸被填滿了～」

看著這麼說道的教官，我不由得苦笑。

我已經隱隱約約察覺，這次的約會計畫大概只包含了教官自己想逛的地方。雖然想讓我也從中得到樂趣的用心並非不存在，但是教官自己想從中享受的率直意圖更加明顯。如果有戀愛偏差值這種計分方式，從這種純粹以自己為出發點來看，她的分數恐怕不怎麼值得稱讚吧。她會奪得二十六歲單身這稱號，我覺得現在親眼見證了理由。

不過，哎，我覺得那樣很符合教官的風格，我很喜歡。雖然散發著能幹的氣氛，卻在各方面都笨拙的這種感覺，正是我所認識的米亞教官。這種想矯飾也辦不到的個性，正是我為之著迷的原因。

「那麼，小提。接下來可以去小提想去的地方嘍。」

教官突然這麼說道。看來她似乎也想要尊重我的意見。

恭敬不如從命，我花了大概一分鐘盯著遊樂園的介紹牌，決定了下一個去處。我想我選了平常少有機會造訪的地方。

「咦？這裡不是……？」

抵達那場所的瞬間，教官像是有些心神不寧，表情漸漸變得僵硬。為什麼啊？我不認為教官這種程度的人會無法忍受這地方。

這地方——就是俗稱的鬼屋。

模仿老舊紅磚房屋的建築物，是為了滿足人們追求恐懼的任性欲求而建造的娛樂設施。藉由埋伏在建築內部的各種演出手法讓訪客嚇破膽，據說口碑相當好。

「為……為什麼要來這裡……？」

「我超喜歡這種的啊。教官怎麼樣？」

「喜……喜歡啊！超喜歡的！其……其實我也想來這裡喔！」

「真的嗎？那就太好了。」

雖然臉色好像有點差，哎，應該是錯覺吧。畢竟她這麼開心。

「那，教官。我們快點去排隊吧。」

「呃，嗯……也對，我真的迫不及待想進去呢……！」

於是我們開始排隊。教官感覺整個人坐立難安。真的那麼期待進去裡面一探究竟嗎？哎呀，選了鬼屋真是正確選擇。

「——嗯？」

就在這時，突然感覺到奇怪的視線。有誰在看著我？因為出名時常受到人的注視，但是剛才的視線的氣氛顯然與那種不同，露骨地緊追著我的觀察視線。當我環顧四周，突然又感覺不到那視線了……是怎麼回事？

「小提……怎麼了嗎？」

「……不，沒什麼。」

反正也沒有危險的氣息，目前就專注於約會。

「話說好像輪到我們嘍。教官，我們走吧。」

支付了費用後，我們走進模仿紅磚破舊公寓所建造的建築內。

內部裝潢頗有氣氛。不知為何聽不見外頭的嘈雜聲響，緊繃的氣氛靜謐到近乎詭異。在這之中，教官抓住我的衣物下襬。

「怎……怎麼了嗎，教官？」

「什……什麼事也沒有……」

「沒什麼卻抓著我的衣服，這樣說不過去吧！……咦？該不會教官對這種地方很不在行？」

我如此一問，教官的視線猶疑般四處打轉——最後點了頭。

——不會吧……！到了這個地步才發現約會地點選錯了……！

原來如此，剛才的教官只是逞強而已。為什麼我沒有看穿！

「不好意思，教官！我不曉得才把妳帶進這種地方！」

「沒……沒關係啦……話……話說回來，我們就快點前進，早一點走出去吧？」

「說……說得也是。那就請教官不要遠離我。」

將其實害怕可怕事物的教官擋在身後，我率先向前進。

下一個瞬間，旁邊的門突然砰的一聲敞開，扮成鬼怪的工作人員登場。

「——呀啊啊啊啊啊啊啊啊啊啊啊啊啊啊啊啊啊啊啊啊啊啊啊啊啊啊啊！」

同一時間，教官的慘叫聲轟然響起。鼓……鼓膜要破了……！

教官整個人緊貼在我的背上，不停顫抖著躲藏在我身後。

「小……小提……快……快點前進吧……再待下去心臟撐不住……」

「我知道了！」

握著教官顫抖的手，我只管向前進。要盡快走出鬼屋！

「不……不要放手喔！絕對不可以放手喔！」

教官現在幾乎整個人攀附著我。全力抱著我的手臂，渾身顫抖。

那倉皇無助的模樣，看起來有著和平常不同的可愛。

但同時看起來也滿可憐的，想早點帶她走出此處。

「嗚……」

像是把我的手臂當成精神安定劑，教官一直緊抱著我的手臂。

教官柔軟的部分貼在手臂旁。雖然感覺幸福，但也有點害臊。

在這樣的情況下，我們在這宛如廢墟的空間中前進，果不其然——

「——嚇！」

打扮成鬼怪的工作人員不時像剛才那樣出現，想驚嚇我們。

我雖然反應不大，但教官每一次都……

「不要啊啊啊啊啊啊啊啊啊啊啊啊啊啊啊啊啊啊啊！不要過來！好噁心！走開！」

簡直無法想像她是最強葬擊士之一，只見她慌張地甩動手臂想趕走工作人員——好……好可愛……甩手又踢腿的教官很可愛！

我一面這麼想著一面前進，最後抵達出口時，教官自然已經呈現完全筋疲力盡的狀態……

「居……居然邀我進那種地方……小提真是壞心眼！我再也不去了！」

見走出鬼屋的教官眼中噙著淚水如此咒罵，我詛咒自己的選擇錯誤。

「對……對不起……我沒想過教官居然對鬼屋這麼受不了……」

「哎……你也不是故意的嘛……不過以後不要再選這種地方嘍？」

「……我會銘記在心。」

「那……——為了轉換心情，就去吃甜點吧。」

教官這麼說著牽起我的手，於是我又跟著體驗了好幾處甜點舖。

在這之後我們又逛了許多場所，不知不覺就到了傍晚。

我們選擇了位在主題樂園邊緣處的湖畔，作為這次約會最後造訪的場所。因為距離娛樂設施滿遠的，幾乎沒有人在。遠遠望去的群山一片翠綠，溫暖的微風輕撫更給人初夏的感覺。走在身旁的教官從我的腳尖仔細打量至頭頂，最後與我四目相對如此說道：

「小提，你真的長大了呢。」

「是這樣嗎？」

「嗯。以前頭頂只到我的胸口喔。小小的，好可愛……不過現在身高已經超過我，也變帥了……呵呵，很能體認到小提的成長喔。」

像是緬懷昔日般呢喃說完，教官輕笑。

「話說回來，小提。今天感覺怎麼樣？」

結果米亞教官一整天都穿著學生服。感覺起來已經十分自然，讓我覺得好像理所當然般。

「感覺很不錯啊。不是鍛鍊也不是出任務，像這樣完全放鬆的一天，已經很久沒有過了。要轉換心情，我覺得這樣的確效果最好。教官給的活力和療癒統統都收到了。」

「是喔？」

「是的。感覺好像辦到了學生時代沒辦到的事，很開心喔。」

「真的嗎？那種感覺就類似我在這次約會特別注重的主題，如果那種感覺傳達給你，我也覺得很高興。」

米亞教官按著隨風搖擺的裙襬，轉身面向我。面露和緩的微笑。但其中似乎也透著一絲寂寞。

「如果能夠成真的話……我想要的是和小提一起度過青春時光就是了。」

就算時間倒流也無法成真，那是無論再怎麼努力都不會發生的假設。

我和教官之間有九年的差距——我還在小學的就學年齡，也就是六歲的時候，教官已經十五歲了。那已經不是學年不同這種次元的差異。誕生的時間差距太多，彼此甚至很可能不會有牽扯，差距就是這麼大。

的確，如果我和教官同年，過去一同共享學生時代的話，也許我能夠度過愉快的青春時光——但是，請稍等一下。

「教官，我覺得那樣不對。」

「……咦？」

「如果能和教官一起度過學生時代，也許像今天這樣快樂的日子能夠持續下去。但是另一方面，能否建立現在這樣的關係還很難說。」

同年齡的教官會讓我覺得特別嗎？

同年齡的我會讓教官覺得特別嗎？

也許要建立一定程度的友好關係是沒問題。

但是，能夠成為現在這樣緊密的關係，我想——正是因為我是學生，而教官是我的教官，才能有當下的關係。

「所以我不覺得想要和教官一起度過學生時代。現在能像這樣和教官這個比我年長的大姊姊一起相處，我覺得是無上的幸福。」

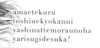

「小提……」

「我不想談什麼如果。因為我一點也不認為，那些假設的情境能更勝今天的快樂。」

「……說得也是……」

不久後教官流露喜色說道：

「也許小提說得對。我也覺得今天是最開心的一天。毫無疑問是人生中最中最棒的一天。不過得撇開鬼屋不談。」

「……那件事真的很不好意思。」

「沒關係啊。包含那個經驗在內，還是人生最開心的一天。」

「聽教官這麼說，我覺得舒坦多了。話說回來，這次的約會說穿了其實和平常相處沒什麼兩樣，感覺卻這麼快樂，真是不可思議。」

「就是說啊。雖然和平常沒什麼不同，卻是段幸福的時光。我猜大概是因為能用約會這種名目和小提到處逛，讓我特別高興吧？」

教官坐在附近的長椅上。我也在旁邊坐下後，教官自言自語般說：

「這是我人生中第一次約會喔。」

「咦？說……說謊不太好喔……這種話實在無法置信……」

「我沒說謊啊。雖然不值得自傲。」

教官挪動身子，填滿與我之間的空隙。在這寬度充足的長椅上，我們卻彼此緊緊相

觸。教官的頭微傾，靠在我的肩頭，讓我暗自吃驚。

「明明是比你大上九歲的大姊姊，我卻有很多事都沒經驗。在大家眼中我似乎是精明幹練的女人，但完全沒這回事……從家事到廚藝和戀愛，全部都不行，我是個把女人味全扔到一旁，成天勤於參與戰鬥的沒用大姊姊。」

「但是我……」

我將無以懷疑的心情轉變為純粹的話語說出口。

「但我就是喜歡像這樣有些靠不住的教官。」

「那個……你說的那種喜歡喔……」

教官從下方抬起眼凝視著我。她欲言又止地繼續說道。

「是真的嗎？不是景仰之類的，而是對於異性……的那種？」

「當然。」

我毫無疑問喜歡教官。不嘲笑並接納我的夢想的這個人，深深吸引著我，對那人品萌生仰慕。在那當時也許只是單純的憧憬。但是現在絕對不同。我實在無法斷言自己並未將教官當作女性看待。因為這個人是如此充滿魅力。對我來說毫無疑問是最頂尖的存在。

「小提……真的是個大傻瓜。」

教官為難地笑著，如此說道。

「居然迷上我這種人，實在太浪費了……憑小提一定能找到更年輕又可愛的對象啊。」

「比教官更可愛的人，在這世上根本不存在。」

「真是的……你還真敢說……但是，像這樣總是把我放在心上的小提，我也同樣喜歡……」

突然間呢喃說出的告白──

「……呃──」

將我的意識染為一片空白的同時……

「──啊……」

像是不小心說溜了嘴，教官的臉頰變得越來越紅。緊接著她被彈開般倏地站起身，猛擺著手，慌張地開口說：

「不……不是那樣！不，其實也沒有錯，可是，那個……」

這也許是我第一次見到教官這麼驚慌。因此我反倒漸漸冷靜下來了……

剛才的告白到底是什麼意思？我不認為她說的是違心之言，就氣氛來看就像是一時擦槍走火。但擦槍走火這種事態若要發生，先決條件是子彈已經上膛──

──該不會教官其實對我也懷有好感……？

我這麼想著的同時，正眼凝視教官。

「嗚嗚……」

米亞教官害羞地垂著頭，化作一尊靜佇原地的雕像。

光看那反應，我的預料大概沒有錯吧。那絕對不是我自作多情，教官確實……喜歡著我，而且剛才幾乎就要回應我的心意了。

但是，也許時機還未到吧。

既然我還沒有取回擔任劍士的實力，自認是自己毀了我的教官就會繼續鑽牛角尖，而我也無法拋開害教官背負這種內疚的責任。

教官肯定是打算在一切都圓滿收場後，才說出口吧？

但是她剛才卻一時說溜了嘴，因此羞澀。

真是少根筋啊。我這麼想的同時，卻又更加深了對教官的好感。

教官其實願意回應我的心意。

她正考慮不再以內疚當作擋箭牌，以此拒絕我的心意。

確實注視著我，想要回應我的好感。

但是我們無法對彼此多踏出一步，是因為那應該要在我恢復原狀之後吧。

「教官，我明白了……不用再口是心非了。」

我從長椅站起身，與教官面對面。

教官依然害臊地垂著臉，那模樣看起來是多麼惹人憐愛——

無意識間，我悄悄抱緊了教官的身軀。

「小……小提……？」

「一下子就好……請讓我這樣。」

我想這是個受到拒絕也不足為奇的突兀擁抱，但那只是我的杞憂——教官反而緩緩地用手臂圈住我的身體，接受了我的擁抱。

遠離娛樂設施，少有人蹤的湖畔，現在就像只屬於我們的舞臺。在微風吹拂之中，我將教官抱得更緊了。我對採取這種行動的自己也感到訝異。但這純粹出自感謝之情。教官不再逃避而誠摯面對我，並且為了踏出下一步而進行準備，對這一切萌生的感謝促使我這麼做。

「吶……」

這時，教官在我的懷中蠢動，抬起視線凝視著我。

「……為了讓小提能夠更加努力，我現在能給你的一切，希望你收下……」

語畢，教官揚起下巴的同時在我眼前閉起了眼睛。

心臟猛然蹦跳。她要我收下的，八成就是……

我這麼想著的同時，視線不由得飄向教官那光澤飽滿的嘴唇。這樣真的好嗎？雖然我心中如此迷惘，但我的視線恐怕已經無法從該處挪開。

「……教官……」

我將自己的嘴唇印向教官的該處，然後——

「——給～～我～～暫停————！」

刺耳的叫聲就在這時傳到耳畔。

在我們的動作嘎然而止的同時，發出叫聲的那人衝到了眼前。

那是氣喘吁吁，肩膀劇烈起伏的夏洛涅，不久後連艾爾莎都現身了。

——這……這兩個傢伙……

「你……你們在幹什麼啦！太骯髒了！骯髒！變態！公然猥褻罪！」

「也算我一份？」

夏洛涅表情焦急；艾爾莎胡言亂語。

這兩個傢伙為何出現在這裡，理由想都不用想，當然是因為她們兩個跟蹤我和教官。這時終於按捺不住，現身礙事了吧。

回想起來，約會時感受到的奇異視線，就是這兩個傢伙吧……

「雖然這與我無關……妳們兩個不用工作？」

「我申請了特休！因為聽瑟伊迪小姐說你和米亞姊要約會！」

「同右。」

瑟……瑟伊迪小姐……竟然派人來鬧場。

不過，該怎麼說呢，其實我心底覺得「得救了」。要是沒有這兩個傢伙亂入，我大概已經朝教官吻下去了。雖然那應該也不是什麼壞事，但是並非理想情境。現在的感覺……該說是與教官之間的氣氛讓我情不自禁。但是理想並非如此，現在我已經理解了教官的心情，我希望由我來主導關係的進展。雖然教官比我年長，是個大姊姊，但要從這種觀念來看，我畢竟是男方。總有一天，我會負起責任主導關係……

「到底是怎樣啦，討厭……」

在我這麼想著的同時，教官鬧起彆扭。

「……小朋友就乖乖待在砂坑玩耍啊。幹麼跑來鬧場……」

「但……但是這樣下去米亞姊和提爾會……」

「對啊。只有你們兩個不公平。」

「……我已經對妳們下了滿二十六歲前一定會永保單身的詛咒喔……」

「「咿……！」」

恐怖的怨恨盤旋打轉的同時，那突如其來地——降臨了。

振翅聲連連響起。伸展數對翅膀飛翔在空中——惡魔群倏地現身。那群惡魔想必許久前就潛入人類勢力範圍的內陸，如候鳥般飛向遙遠南方。那樣的情景突然橫跨視野。

不只是我，米亞教官她們也都注意到了，緊張感頓時洋溢四周。但是惡魔群只是單純通過遙遠的上空處，似乎沒有任何危害帝都的意圖。很快地惡魔群就從視野中消失，我們暫且放鬆了緊張。

「剛才那到底是……」

惡魔群的集體移動。罕見的行為背後藏著何種意圖，我們都無法理解。

在那之後，我們擔心惡魔可能折返回頭而提高警覺，解散回到各自的歸處度過夜晚。

幕間　米亞・塞繆爾的思慕Ⅲ

「嗯哼哼～我說瑟伊迪啊，妳究竟幹了什麼好事啊？」

——約會結束的當晚。

我與瑟伊迪造訪平常那間酒吧，但是和平常不一樣的是，我自己喝了酒而陷入爛醉。今天實在沒辦法不喝！實在沒辦法不喝啊！

「聽好嘍，瑟伊迪。我就差一點點，就能和小提親嘴嘍。妳懂嗎？幾乎就能和小提情定終生嘍。妳懂嗎？但是因為妳送了那兩個人過來，害我和小提的甜蜜時光全毀了。嗯哼哼～罪該萬死喔。」

「我……我願意道歉，請不要擺著笑容講恐怖的話……！」

瑟伊迪一臉抱歉地低下頭。乾脆一腳踩在她頭上吧？

「可是，那個……我只是出自善意，才把約會情報告訴夏洛和艾爾……但我實在沒想到她們會鬧場……」

「哎呀～預測漏洞百出喔。那兩個人同樣是超喜歡小提的女生，一旦知道是和我約會，想當然會來鬧場吧？連這種程度的危險都無法預判，居然還能幹葬擊士這行直到今天啊？太習慣內勤工作，直覺已經不行了是吧？」

「……真的非常抱歉。」

「嗯呵呵～下次就和我一起上最前線吧？」

「咿……！」

嚇破膽的瑟伊迪真是美味的下酒菜。雞尾酒一杯接一杯。

「噗哈～……不過，哎呀，說穿了，我不會輸給除了青春外一無所有的小女生啦～老實說十四歲又怎樣？十七歲又怎樣？我現在才二十六歲，也有經濟實力，也有成熟的性感！雖然光數這些條件，瑟伊迪也一樣，不過我還有豐滿的胸部喔～」

「從剛才對我的惡毒言詞殘酷得叫人想哭……」

要到什麼時候才能得到原諒呢？瑟伊迪困惑地呢喃著，像是要重振精神般甩了甩頭。

「話……話說回來，米亞，今天真的很不錯喔！突發狀況先撇開不談，就妳說的來看，妳和提爾的關係終於有些進展了啊。」

「嗯呵呵～就是嘛。這部分我是真的覺得很棒喔。」

雖然並沒有對彼此說出決定性的告白，但是小提和我之間肯定共享著同樣的情感。

雖然還不是戀人關係，但是應該來到了只差臨門一腳的地步。

之後只要小提能恢復原樣，彼此就能毫無顧忌地開始交往。

我們應該成功步入了這個階段。

接下來真的只剩下祈求小提完全康復。

「之後只能相信小提，繼續等待而已吧～」

「而且要繼續扶持他才行喔。」

「嗯哼哼～這還用說。」

如果與我的進展在小提心中能成為新的原動力，那就太好了。這麼想著的同時，我也會把與小提的進展當作新的原動力，繼續扶持小提。這是當然的。

「肯定會有美好的未來在等著妳。愛情的力量是很強大的喔。」

愛情的力量真的存在嗎？不過，瑟伊迪與我不同，已經結婚了。既然她都這麼說了，也許真的可以相信，況且現在我也想依靠那樣的事物。

所以嘛，我希望……只要作用在小提身上就好了，拜託愛情的力量能發揮功效！

amaetekuru
toshiuekyokanni
yashinattemoraunoha
yarisugidesuka?

第七章　重生

隔天。我一大早就造訪了帝立中央圖書館。因為我放不下心。昨天目睹的惡魔群移動，究竟代表什麼意義？

只要查閱有關惡魔的文獻，也許能有些發現。懷著這樣的想法，我從一大早就在帝立中央圖書館的書架之間來回找尋。

「怎麼啦？提爾小弟居然會來到這裡，還真是稀奇啊。」

就在這時，一旁傳來耳熟的話語聲向我搭話。我轉頭一看，來者身分一如我預料。

「啊，果然是路米娜小姐。」

「嗯，提爾小弟早安啊。你在這種地方做什麼？」

近似淺褐色的淡金色頭髮今天同樣蓬鬆凌亂，路米娜小姐正用實驗白袍的衣角擦拭著圓框眼鏡的鏡片。雖然給人不修邊幅的印象，但這個人可是五大貴族之一——波普威爾伯爵家的千金小姐，世上真是什麼事都有。

「我只是有點事想調查。話說路米娜小姐來這有事？」

「你問人家啊？人家只是來借一些研究上需要的文獻。結果居然就撞見了提爾小弟，嗯，今天感覺運氣不錯啊。既然心情好，就幫你解剖吧？」

「……心情好就想解剖，思考的邏輯錯亂過頭反而很有意思喔。」

「討厭啦～！這樣突然誇獎人家也沒有任何好處喔？」

「我沒有在誇獎啊。」

「講認真的喔？這種時候應該要拿出一點幽默吧！」

「請不要把帝國西部的習慣套用在我身上。」

「這有什麼辦法？波普威爾的領地就在那邊嘛。」

路米娜使勁搔了搔頭，回到剛才的話題。

「然後呢？提爾小弟到底是為什麼跑來啊？既然在逛這附近的書架，提爾小弟想查的就是有關惡魔的資料吧？來嘛，跟大姊姊講看看。說不定能解決喲？」

「既然這樣，那我就直說了……」

雖然行徑古怪，但路米娜小姐還是個好人。她是惡魔研究領域的頂尖學者，有機會借助她的智識可說十分幸運。因此我將昨天目睹的惡魔群大規模移動告知路米娜小姐。

聽完後，路米娜小姐陷入沉思般短暫垂首，不久後緩緩說道：

「惡魔啊，要進行儀式時，有時候會從周邊地區喚來警備軍力。」

「……儀式？所謂的儀式是……」

「沒錯。就是為了引發對它們有利的某些現象。為了避免受到阻撓，惡魔有時候會召集警備軍力，提爾小弟見到的也許就是那個。」

「所以惡魔群飛往帝國南方，表示在南部某處正要執行儀式？」

「不一定真的是這樣。但是可能性相當高。而且聽說帝國南部最近奇數翅種的目擊案例也增加了。也許是要將之當作活祭品搞些名堂……」

倘若真是這樣，絕非葬擊士協會能等閒視之的事態……

……既然得知了想知道的事，就先回到教官家一趟吧。

我能辦到什麼，先回去之後再思考。

「路米娜小姐，真的非常謝謝妳。我要走了。」

「你要實際去帝國南部一探究竟？」

「這還不清楚。」

「是喔。那人家最後再給你一條情報吧。惡魔的儀式會以奇數翅種作為活祭品，但如果活祭品是『自殺魔』，一定要提高警覺喔。」

「『自殺魔』是一片翅膀的惡魔吧？如果儀式的活祭品就是那個，為什麼有必要提高警覺？」

我這麼一問，路米娜小姐語氣平淡地回答：

「因為它會讓恐怖的存在起死回生。」

「啊，小提。歡迎回來。」

回到教官家中，教官正準備要出門。因為她正在準備對惡魔武裝，大概是要出門工作吧？不過我記得工作應該是從下午才開始。

「我今天的工作取消了。等一下就要出發到米納達一趟。」

「咦？米納達不是帝國南部嗎？要去那邊幹麼……？」

「是瑟伊迪送來的委託。在米納達的周邊地區，特別是羅基尼亞大平原那一帶，惡魔似乎正在集結，所以拜託我去南分局支援。這是來自中央分局的正式委託，說要帶幾個人去也沒問題，所以夏洛涅和艾爾莎也都會和我同行。」

「這樣的話，我也要去。」

「不行。」這句話的語氣遠比平常更強硬。「這次真的很危險，因為可能演變為大規模戰鬥。我不能把小提帶去那種地方。」

「請等一下！剛才我在圖書館從路米娜小姐口中得知了不少事，所以我明白了！在教官妳們接下來要去的南方，惡魔正在策劃某些陰謀！」

「儀式」會引發對惡魔方有利的某種現象——既然惡魔正在暗中策劃進行儀式，顯然會有些不好的事即將發生。

那麼我就無法袖手旁觀。

「我是為了殲滅惡魔才成為葬擊士……殲滅惡魔並創造禁忌之子更能自在生活的世

界。為了這個目標，我不能袖手旁觀——既然惡魔正試圖危害人類，我就非得阻止不可！」

「但是……很危險啊。」

「葬擊士本來就該往危險之處而去啊！況且我覺得唯獨涉險克服困難，我現在的身體才會更加萬全！」

「這種想法根本沒有根據。也許只是徒然遭遇危險而已。」

「就算這樣，如果什麼也不做，我不會有任何改變！」

我直逼教官面前如此斷言。教官百般為難地垂下視線。那是煩惱的表情。她現在大概非常迷惘要不要帶我一起去吧。既然如此，就只差臨門一腳。

「這次夏洛涅和艾爾莎也都在吧？既然這樣就算教官制止，她們還是會支援我吧。我自己也絕對不會成為累贅。只要扮演好狙擊手的角色專注於後方支援，我想應該不至於太過危險。」

「……說得也是。」

最後教官如此同意。也許用「退讓」這字眼形容較為貼切。

「我明白了。我允許你也一起去。但是絕對不要靠近前線。知道嗎？」

「我了解了。」

於是我也做好準備，與夏洛涅、艾爾莎會合後，自中央車站搭上蒸氣火車。目標是帝國南方的米納達地帶。

「原來如此，昨天的惡魔群有可能是儀式的警備軍力……不愧是路米娜小姐。十分理解惡魔的習性。」

我與教官共享情報。坐在同一組座位的夏洛涅與艾爾莎這次沒有互相鬥嘴，也沒有插話，只是認真聆聽。

「所以說，綜合目前得知的情報，惡魔在米納達地帶的羅基尼亞大平原附近聚集的原因，有可能是為了保護之後要進行的儀式？」

夏洛涅統整情報般如此提問，我便點頭告訴她「就是這樣」。

「為什麼在羅基尼亞大平原？」艾爾莎問。

「妳問為什麼……因為那邊靠近惡魔的支配領域啊。惡魔要布陣也方便。」

前些日子的阿迦里亞瑞普特討伐戰。那次戰鬥也發生於羅基尼亞大平原，若要問為何該處成為戰場，理由大概也是靠近惡魔的領域吧。羅基尼亞大平原自古就容易成為人類與惡魔的衝突地帶，不是人類能定居的地方。

「無論如何，我們都該提高警覺。」

我如此說完，大家都點頭。

抵達目的地前還需要一段時間。

所以我眺望著車窗外，沒由來地回憶過去。

第一次知道米亞教官這個人是在什麼時候？

我記得那是在我還不到十歲的時候。

有位實力不下成年人的美少女葬擊士正嶄露頭角——這樣的話題搶先傳開。而實際上當時的教官也兼具名副其實的實力與可愛樣貌。

雖然現在也還年輕，但當時更加年少，正值青春洋溢的花樣年華，但另一方面，在我記憶中當時她的戰鬥風格有些粗糙。因為在教官開始嶄露頭角時，我在皇室主辦的劍術大會上與她交手過，雖然僅此一次但粗糙這部分是確定的。

現在戰鬥風格已經澈底洗練，昇華為只屬於教官的原創技巧，完成度高到甚至讓我覺得應該能建立起全新的流派。

外觀上來說，老實說現在的她更符合我的喜好。在可愛之中又添增了成熟的性感，與其說是美女，惹人憐愛這點更是日漸增長。

而我和教官第一次真正對話，是我立志成為葬擊士而進入訓練所就學時。教官為了擴展自己的見聞而擔任教官職務，而我被分配到教官的班級上。那一年我十一歲，教官二十歲。

教官從那時候個性就喜歡照顧人。大概原本個性就這樣吧。我因為禁忌之子這樣的身分，遊走在班級中人際關係的邊緣處，但教官並沒有忽視我，而是積極地與我互動。

當我說我的夢想是殲滅惡魔，她也沒有嘲笑我而仔細聆聽，那讓我很高興。雖然起初覺得她有點煩人，但是過去從來沒有像這樣主動靠近我的女性，我不知不覺間就對教官萌生了憧憬與好感。

我不是誇口，身為禁忌之子的我再加上努力，那時候滿厲害的。因而被視作可造之材，教官也特別提拔我，指導我的時間比其他訓練生都要長。雖然也曾經因此受到旁人嫌惡，但只要將與教官一起度過的時間當作回報，我一點也不覺得難受。

不久後，我在入學後一年內完成了所有的課程，在十二歲就拿到「五翼」的證照。在這之後我身為自由葬擊士在各地參戰，有時與回到戰場的教官並肩作戰，為狩獵惡魔而盡心盡力。十四歲時登上葬擊士的最高位階「七翼」，創下史上最年輕的紀錄，當時教官彷彿與有榮焉般淚眼汪汪地為我祝賀，那模樣我至今依舊歷歷在目。

我的人生雖然才短短十七年，但是大概一半的時間，教官都與我同行。

強悍又溫柔，有點雞婆，雖然酒品不太好這點讓人有點頭疼，但就連缺點也是一項魅力，值得尊敬的景仰人物——那就是我心目中的米亞教官。

正因如此，讓我的人生恩人背負著罪惡感的現況，我實在無法忍受。

無論用狙擊槍射穿多少惡魔，都說算不上是我的完全復活。

既然算不上，就無法徹底掃清教官的陰霾，我也會對自己的現況心懷不滿。

身為狙擊手多麼優秀都沒有意義。

必須身為劍士重新復職。

雖然腦袋上明白這一點，但是身體無法發揮過往的實力。這些來自心煩的惱怒，應該要用打倒惡魔來消除吧。

最後蒸氣火車抵達了米納達地帶的都市區。我們在葬擊士協會南方分局所在的這座城鎮下車，為了與南方分局的人員攜手合作而會合。之後我們借了馬匹，與他們一同前往羅基尼亞大平原。

我們移動時保持戒心，但是途中並未遭到襲擊，花上一個小時左右抵達了羅基尼亞大平原。惡魔集結的位置似乎在平原另一側，靠近都市這邊的平原什麼也沒有。我們策馬前進，目標直指平原的遠方。

上次來到羅基尼亞大平原已經是阿迦里亞瑞普特討伐戰那時了，現在平原上晴朗得教人煩躁。我保護教官而弱化的那天，天空也像這樣。

「希望什麼事也別發生啊。」

乘著馬匹飛快奔馳，與我並行的教官這麼說。

目前還不確定真的有緊急狀況。也許惡魔根本沒有打算進行儀式，昨天的惡魔群只是剛好正在飛回惡魔領域的途中，伽列夏諾也已經在某處受到安全的保護。這種可能性也存在吧。

當然我也希望事實如此。無論如何，沒事還是最好。然而，目前雖然只有情況證據，但條件已經太齊全了。那正是不好的事正要發生的前兆。

很遺憾地，就像要證明我的猜測，那些傢伙們出現在視野中了。

「——前方！有惡魔！」

教官叫道。我們自馬背上跳下，立刻做好迎戰準備。

我舉起一直揹在背上的狙擊槍，擊出銀彈。銀彈貫穿了一隻惡魔的頭部。同樣是狙擊手的艾爾莎與南分局的狙擊手也立刻開始對惡魔開火射擊。

身為前鋒人員的教官與夏洛涅一同衝上前去。教官手持槍劍，夏洛涅則扛著大型槌子，與南分局的前鋒人員一同掃蕩惡魔。

現在襲擊我們的惡魔都是偶數翅種，全都是位於下級的惡魔。偶數翅種的強度只要看翅膀數量就一目瞭然。襲擊者中翅膀數量最少的是兩片，最多的是十八片。中級以上的惡魔會更多。現在只是擠滿下級惡魔的加分關卡。

羅基尼亞大平原靠近惡魔的領域，絕非人類所能定居之處，話雖如此這片土地平常並不像這樣滿是惡魔。換言之，這些惡魔很可能就是路米娜小姐所說的警備軍力。就這麼推進至草原深處，果真能發現儀式嗎？

我們一面打倒惡魔一面向前推進。因為沒有回頭這個選項，這也是理所當然。

越往前方推進，惡魔的強度顯然越來越提昇。下級之中開始冒出中級惡魔，能感覺到戒備越來越森嚴。看來前方果真藏著什麼吧。至於那是不是儀式還不曉得，但想必是惡魔不得不守護的事物。

不斷射殺或斬殺惡魔，我們的前進永不止步。

我每次射擊就再度填裝銀彈，再度射殺其他惡魔。

教官有如起舞般攻擊，奪走惡魔的性命。一手拿著裝上刀刃的轉輪式槍枝，近距離至中距離都在她的攻擊範圍內，縱橫於戰場之上。宛若翩翩起舞般閃躲敵人的攻擊，在攻擊歇息的瞬間開槍或出劍，因應敵我距離改變攻擊手法，以綿密的連環攻擊結束對方的一生。

擁有無窮無盡的體力得以長時間維持這樣不停止移動的戰鬥風格，正是教官最大的強處。也因此她得到「赤蜂」這個別名。

教官毫無疑問是當今葬擊士界中，人稱最強等級的其中一人。不只是實力堅強，古道熱腸的個性受人景仰，人望十分深篤。親眼見證這般女英豪的現役時代，每次都令我感動。我也不能輸給她，填裝銀彈，注意不要誤傷友方的同時瞄準惡魔射出。

在我們大致掃除了警備軍力，順勢推進至羅基尼亞大平原深處時——那景象突然映入眼簾。

「這是……」

教官停下步伐，呢喃說道。我見狀也跟著停下腳步。

那是人稱魔法陣的玩意兒。惡魔對夥伴們造成致命傷，以傷口流出的血液描繪而成的圖樣。巨大而完整的圓。應該是儀式上必須之物吧。跪拜的惡魔們沿著圓的外緣排列，模樣像是正獻上祈禱。

同時，就在儀式陣的這中央，八成是儀式活祭品的兩個身影——

「你……是在幹麼……」

我不由得開口。因為活祭品的其中一邊是伽列夏諾——

「哈哈……」伽列夏諾臉上流露無畏的笑容。「你問我在幹麼？這個嘛，你覺得我在幹麼？如果用最簡單的一句話解釋，我把靈魂賣給惡魔了。提爾——為了要殺掉你。」

「你在說什麼……？」

像是看著無法理解的事物般，夏洛涅呢喃。

緊接著，艾爾莎指向另一邊的活祭品。

「提爾，看那個。」

「嗯……是『自殺魔』。」

存在於陣中央，緊鄰於伽列夏諾的另一個活祭品。單翅的惡魔「自殺魔」——那就是路米娜小姐說的，萬一遇上一定要提高警覺的奇數翅種活祭品。至於一定要提高警覺的理由，我記得她說過「起死回生」。

「這是……原來如此，是這麼一回事……」

教官像是洞悉了一切般仰望天空。語氣像是不敢置信，卻又明確地緊接著說道：

「這是——重生的儀式。在惡魔的儀式中，特別糟糕的那類。」

「重生的儀式……？」

「沒錯，小提。我曾經聽說過。單翅的惡魔『自殺魔』本身只是戰力弱小的嘍囉。但是，如果和成為附身對象的人類一起當作活祭品獻祭，就能讓過去已死的惡魔以覺醒狀態重生。」

「讓已死的惡魔，以覺醒狀態重生……？」

這種事真的可能嗎？但是這和路米娜的證詞也相符。

「自殺魔」會讓恐怖的存在起死回生。

「——該不會……」

猜測掠過腦海。教官現在畏懼的事態——

「……我還聽說，重生儀式的復活對象僅限儀式展開處，簡單說就是只限這地區死去的惡魔，而且會以其中最強的惡魔為優先。」

「所以說……」

——極星一三將軍阿迦里亞瑞普特。

那傢伙在臨死前，對即將給它最後一擊的教官如此說道：

『余於此處喪命，只不過是終將到來的殲滅劇的序曲。記好了。余必當再度現身攔阻。為了誅殺諸位人類，余必定……』

這是惡魔打從一開始就安排好的嗎？一切都依照計畫……？

「——好了，統統絕望吧。殺戮的時間要開始了……！」

「不可以！大家合力阻止儀式！」

伽列夏諾嘶吼般說完，教官連忙發出指示。

如果阿迦里亞瑞普特真的以覺醒狀態復活，鐵定很不妙。當初有狀態萬全的我在場，才有辦法將它逼入絕境。現在狀況並非如此。如果再加上覺醒狀態的差距——

「……！」

我瞄準目標。雖然不知道該如何阻撓才能阻止儀式，但如果儀式必須用伽列夏諾當作活祭品，那麼殺死伽列夏諾也許就能阻止儀式。我這麼判斷，舉槍瞄準伽列夏諾——

「——已經太遲啦。」

龐大的光。儀式陣突然發亮，白色閃光將周遭的一切全部吞噬。

「咕……！」

什麼也看不見。什麼也辦不到。教官等人想必也束手無策的同時，我察覺前方出現了邪惡存在的氣息。

「——啊啊……余重回此處了？」

深受感動般自然流露的話語聲。

光芒逐漸消逝。

一小段時間後，在視野恢復原樣時，無論是「自殺魔」或伽列夏諾，以及在魔法陣外緣處祈禱般跪拜的惡魔群，全都已經不見蹤影。

取而代之出現的是，伸展著將近一百片翅膀的惡魔。

褐色肌膚外頭穿著黑衣，一眼看上去造型有如人類青年。然而，長在額頭上的兩根角，以及背上大量的翅膀，否定了第一印象。

「哦？這不是都在場嗎？讓余負傷的小鬼，還有殺了余的女人。」

那惡魔——極星一三將軍阿迦里亞瑞普特，盯著我和米亞教官如此笑道。

不只是活祭品伽列夏諾與「自殺魔」，阿迦里亞瑞普特復活時似乎同時吸收了在場的所有惡魔。以前五十片左右的翅膀現在數量幾乎加倍，強度顯然已經提昇到截然不同的次元。

「——小提，快點逃！」

突然傳來的喊叫聲，是教官不惜一切要讓我逃命的心願。

「現在的小提只會白白被殺！快點逃！」

「就算這樣——」

「快回頭，把這件事告訴南方分局！辦得到吧？」

「——我怎麼可能……！」

把米亞教官留在這裡，把夏洛涅和艾爾莎留在這裡，只有我一個人回頭逃離危險？這種事我當然辦不到。我可不曾變成那種懦弱的傢伙。

「——咿……咿……！」

此時，南部分局的人員中有個人嚇破膽般拔腿逃跑。大概是明白了敵我差距吧。自己絕對贏不了，因此選擇逃命。然而——

「渺小的存在啊，不要以為能逃出余的手掌心。」

只見惡魔伸出食指，小魔法陣隨即以指尖為中心投映至半空中。下一個瞬間。魔法陣射出漆黑光束，貫穿了想要逃命的南方分局的人員。

「啊……」

被射穿的部位是要害。胸膛的中央處剎那間開了一個大洞。下一個瞬間血液大量噴出，那人應聲倒地。很明顯已經斷氣了。

「快點……——快點回頭！小提！向南部分局報告這件事！」

不多看逝去的夥伴一眼，米亞教官砍向阿迦里亞瑞普特。大概是想要自己吸引對方的注意，爭取讓我脫離現場的時間吧。

夏洛涅與艾爾莎似乎也理解了教官的意圖，開始參加攻擊。

但我並未行動。不是因為怕到腳軟。單純只是不想離開現場而已。我當然沒理由離

開此處。我不能把教官她們留在這種絕境中。

「喂！你不去的話我要去喔！我真的會去喔！」

其他南方分局的人員如此說完便拔腿就跑。其他人員見狀也爭先恐後跟著那傢伙而去。大概原本就想逃離此處吧。覺得他們真夠丟臉的同時，我並未咒罵那些只想緊抓一線生機的背影。

現在場上就只剩下我們四個人了。假使南方分局接到剛才逃走的那些人的通報，派出援軍趕來現場，究竟要多久才會到？話說我們真有辦法支撐到那一刻嗎？

「小提，為什麼……？」

米亞教官不斷攻擊阿迦里亞瑞普特。而阿迦里亞瑞普特只是優雅地接連閃躲教官加上夏洛涅與艾爾莎的三人攻勢。

「你為什麼不逃走啊？」

「我怎麼可能會逃走！」

我舉起狙擊槍，朝著阿迦里亞瑞普特開槍。儘管對方閃過，但我立刻射出第二發。雖然這次同樣也被躲過，但我死纏爛打地重複同樣行為。

「我的夢想就是殲滅惡魔！懷抱這樣的夢想，看見惡魔就在眼前怎麼可能逃跑！」

「因為這樣死掉就沒意義了！」

「在我看來，只為了活著而逃命才沒意義！」

子彈完全打不中。教官她們的攻擊也全數落空。阿迦里亞瑞普特也從未反擊，就像是在嬉戲般。儘管如此我還是不停止狙擊。

「我一定要殲滅惡魔才行！怎麼可以逃走！況且我一定要取回原本的實力，消除妳心中的自責才行啊！」

一切都始自眼前這傢伙瞄準擔任現場指揮官的米亞教官射出那一擊。我挺身保護教官而代為承受魔法攻擊，實力因此大為衰退。挺身保護教官這個選擇，我至今還是覺得沒有錯。但是因此讓教官背負內疚，令我後悔無比。

雖然不知背後有何因果，但是既然阿迦里亞瑞普特再度回到此處，我就無法放棄這場戰鬥。雖然沒有確切的證據，但我覺得唯獨堅持戰鬥下去，前方才會有新的光明——

「——已經很夠了吧？」

彷彿已經深感厭倦的一句話。那句話響起的下一個瞬間，阿迦里亞瑞普特的身體釋放出龐大的壓力。我們的攻擊全被彈開，我們的身軀也被轟飛。

像是飄落的枯葉般在空中飛舞，在地面滾動，我的身體終於停下來。忍受著痛楚環顧四周，發現夏洛涅和艾爾莎都趴倒在地上，一動也不動。因為兩人的胸口還有呼吸時的微微起伏，人應該還活著，大概是撞到頭而一時失去意識吧……

「不能……在這裡……」

與我有一段距離處，教官正竭盡全力想站起身。

阿迦里亞瑞普特緩步靠近掙扎中的教官。

「為何抵抗？妳該明白已無勝算。」

語氣徹頭徹尾的目中無人，完全認為自己是高一階的存在。

「接下來重生的余預定要占領人類的領域。就算無法全面占領，只要能奪取一個國家，那位大人也會感到欣喜吧。」

殘忍的笑容轉向教官。

「不過在那之前，余有要務必須先達成——對當時凌虐余並且殺害余的渺小人類復仇。從這一點來看，像這般奮力抵抗反而比較好。畢竟，馬上就死掉就沒意思了啊……哼！」

阿迦里亞瑞普特踢飛了教官。正要站起身的教官再度於地面飛滾，劇烈咳嗽。

至於我，我的身體似乎損傷得比過去更加嚴重。因為剛才被炸飛時的衝擊，身體比之前更加不聽使喚，我鞭策著身軀朝著阿迦里亞瑞普特匍匐前進。

「住手……」

「怎麼了，小鬼？與上一回將余逼入絕境的你相比，簡直判若兩人啊？也罷。將過去壓倒性的存在有如螻蟻般輾碎，真是舒坦無比。不過你就晚點吧。首先從殺死余的這女人開始殺。余習慣從美味的菜色開始享用。這也是對你的一點施捨。擁有紅眼的同胞啊，至少把你的死亡順序往後排吧。」

阿迦里亞瑞普特的腳尖轉向教官。教官已經戰力全失。癱軟倒在地上，再度劇烈咳嗽。

「給我住手……」

阿迦里亞瑞普特站到教官的正前方。

「我叫你住手……」

食指向前伸出，剛才射殺南部分局人員的魔法陣開始展開。

「住手啊……」

毫不理會我的聲音，阿迦里亞瑞普特就要殺死教官。

所以我無法繼續旁觀。

像是要絞盡最後的力量般站起身，全力奔馳。

這具身體下場怎樣都無所謂。

變成四分五裂的碎塊也好。

存在本身澈底消失也罷。

就算這具身軀將會消滅，我還是要將米亞教官——

「死吧。」

那道漆黑光束再度射出。朝著教官筆直而去。下一個瞬間理應命中教官。但事實並非如此。因為我衝進兩者之間，扭轉了光束軌道。

「——嘎嘔……！」

那光束通過我的腹部。我感覺到內臟已經全被奪走了。腹部一帶莫名地輕盈。風穿過洞口，血自洞口湧出。連站立的力氣都失去，我當場倒地。

「糟蹋了余的好意啊。可悲的同胞。」

阿迦里亞瑞普特唾棄般說道的同時，米亞教官匍匐爬到我身邊。教官哭泣著。儘管她遍體鱗傷，但臉上沒有痛楚的表情，而是哀傷。

「你在……搞什麼啦……」

輕撫著我的臉頰，流著淚。就連這樣的表情都美麗。

「笨蛋……為什麼又……像這樣……」

目睹那淚水，我後悔了。

啊……原來我又不由自主保護了教官嗎？又在教官內心種下內疚了嗎？明明是為了掃除她的自責才努力掙扎至今，簡直是本末倒置。不過這也是為了守護她，應該是不得不的選擇……

「…………」

不得不……？真的嗎？這樣真的好嗎？

我像這樣挺身保護她，終究只是短暫的拖延時間。

只有我一個人先解脫，這樣真的好嗎？

「受人保護，但是並未脫離危機。真是悲哀。接下來就輪到妳了，女人。」

逐漸消失的意識捕捉到阿迦里亞瑞普特的說話聲。只對著教官的說話聲響起後，猛踢沙包般的聲音與教官的呻吟隨之傳來。

在模糊的視野中，教官遭受踢擊。只針對腹部攻擊。為了不讓她輕易死去。為了盡可能折磨她之後再殺害。

每當那傢伙抬起腳，教官的痛苦呻吟便響起。

我就連簡單的一句「住手」都無法清楚說出口。

在我倒在地上時，教官不斷被踢，受到折磨。只有微弱的呼吸聲與呻吟傳到我的耳畔。

教官的傷勢不斷累積，這樣下去教官真的會死。

現在渾身癱軟的教官已經變得有如被人拋棄的布偶。

而我自身也瀕臨死亡。恐怕比教官更靠近鬼門關。

儘管如此，心中沒有恐懼，就只有憤怒。

直逼而來的死亡觸感，將我拖向黑暗深淵的同時，熾紅的色彩自我心底深處沸騰翻滾。

——熾烈的憤怒。

「在我……面前……」

絕不允許。禁忌。攻擊教官。暴虐。

那個人是我重視的人。給了身為禁忌之子的我希望。

她曾經給了我希望，現在該輪到我對她展現希望。

所以我掙扎著，努力著，來到這個關頭。

但是一切卻要在此結束了？

「……不對。」

熱量伴隨著憤怒一同奔湧。體內灼燒般熾熱。死亡已經逼近，理應只會越漸冰冷。血液像是沸騰般熾熱翻騰，在我體內點燃一種可能性。

「我還沒……」

對教官——

「……報答任何恩情……」

所以我抗拒逐漸稀薄的意識。

我還不能死。絕對不能死。我必須保護教官。非保護不可。死在這裡無法瞑目。怎麼能讓教官死了。

我不願教官背負哀傷。

希望教官永遠展露笑容。

「我……」

這副身軀並非單純的人類之身。流著惡魔之血，受人厭惡的軀體。人稱禁忌之子，就連我自己也嫌惡的身分。與普通的人類不同。完完全全不同。

異質的亞人種。突破人類極限的生命。非人的異形。

正因如此——

「啊啊啊……」

在虛弱呻吟的同時，我將力氣注入雙手，試著撐起身體。

現在不是休息的時候。一定要站起身才行。

保護。去保護啊。非保護不可。

因為我絕對不能讓教官死在這種地方……！

「——呃啊啊啊！」

這瞬間，雙眼迸射熾紅磷光，我明白體內有某種東西活性化了。

「——怎麼回事……？」

彷彿壓抑已久的慾望瞬間膨脹般。

「——你這傢伙……！」

像是綑綁著腳踝的枷鎖鬆開。

「——竟然是血之活性……！」

突然間，我的傷勢完全恢復了。剛才那具破損不堪的軀體彷彿幻覺，就連先前弱化的原因都完全痊癒，我站了起來。全身充滿著過去的——不，更在那之上的力量。

「小……提……？」

氣若游絲的教官驚愕地望著我，阿迦里亞瑞普特則是大為不快地凝視著我。

「你這傢伙……哪來這種恢復力……？」

「不曉得。」

「——你繼承了誰的血？」

「不曉得。」

「起因於精神激昂的血之活性，是唯獨高階惡魔才能覺醒的能力——更別說這種壓倒性的治癒能力，更是少有機會目睹！你究竟是什麼身分？繼承了誰的血？比余更高階的何人？究竟是何人……不，這無所謂！」

阿迦里亞瑞普特再度自食指展開魔法陣。

「——死吧！只要死了，你的出身就不是問題了！」

漆黑光束射向我。剛才看起來速度簡直避無可避，現在卻像是停在半空中。我有如繞過路旁的垃圾般閃躲，逼近至阿迦里亞瑞普特身旁。

「你這傢伙，是什麼時候……？」

雖然我只是邁步靠近，但是在阿迦里亞瑞普特眼中似乎是高速移動。

哎，這種反應也很正常吧。我已經和不久前的我截然不同了。

「惡魔這種玩意兒，翅膀數量越多就越強。因為惡魔的翅膀就是惡魔自身的力量實體化為肉眼可見的部位。因此只要數一下翅膀的數量就知道強度。這無論是對人類方，還是對惡魔方，應該都是常識。」

「那又如何？」

「就讓你見識一下我的翅膀吧。這樣你也比較容易搞懂層級之差吧？」

「你說什麼……！」

我將力量注入背部。也許是那傢伙說的血之活性的影響吧，現在這狀態下應該能使之顯現。這樣的感受已經在我心中萌生。

「——喝！」

背部膨脹，自皮膚底下衝出般，漆黑的翅膀自我背部倏地向外伸展。正確的數量我也不曉得，但是肯定在阿迦里亞瑞普特之上——

「——這……」

下一瞬間，那傢伙的表情驟變。看起來甚至像是在害怕。

「這怎麼可能……」

驚愕的表情。非比尋常的畏懼。

「那……那翅膀是怎麼回事……」

驚愕轉變為呆然，畏懼漸漸轉變為顫抖。

「不可能……這種事，不可能發生。三三三對翅膀……合計六六六片翅膀，那不就有如……余等之王──」

「閉嘴。」

我更加逼近阿迦里亞瑞普特，用手掐住頸子的同時將它舉起。那傢伙甚至沒有察覺我這次靠近。我們之間已經產生了這等的實力差距。

「區區低等生物，不准說人話。」

「咕咕嘎……嘎嘎咕咕咕……！」

「唉，到底在講什麼都聽不懂了。不過這樣也好。」

「你……這……傢伙……」

「啊，對了。你剛才那句話，我就原封不動還給你──將過去壓倒性的存在有如螻蟻般輾碎，真是舒坦無比。」

「──你這……！可不要……──太小看我……！」

阿迦里亞瑞普特絞盡力量掙脫了我的勒頸。對我揮出手刀。對普通的人類而言那威力足以直接裁斷軀幹，但是我以空手輕鬆擋下。

「這就是全力了？」

「當然不是！很好，想看就讓你見識……──讓你為此後悔！」

阿迦里亞瑞普特飛上天空。背對著太陽伸展翅膀後，在它自身周遭展開數個魔法陣。不，不只是數個的程度。數量達到數百的魔法陣像是要填滿天空般大量展開。

「——事到如今要哭叫也太遲了。化作塵埃消滅吧！」

下一個瞬間，所有魔法陣散發淡淡的磷光，下一個瞬間無數的漆黑光束彼此交叉，有如傾盆大雨朝著我打來。

撼動大地般的轟然巨響。

下一個瞬間，暴風吹來。

強烈至極的衝擊波直撲我的全身，連帶教官一併侵襲。

但是——

「呵哈哈哈哈哈哈哈哈！深刻體會了吧？人類！承受這攻擊還能平安存活的傢伙根本——」

阿迦里亞瑞普特的話聲突然中斷，下一個瞬間——

「——什麼……？」

驚愕的語氣。

在暴風逐漸散去時，阿迦里亞瑞普特震驚而圓睜著雙眼的模樣，清楚映入我的眼簾。

「為……為何……？」

同時映在那傢伙視野中的，八成是展開翅膀連同教官一起守護且毫髮無傷的我吧。所以才會露出那樣絕望的表情。那傢伙所能使出的最強攻擊被我毫髮無傷地擋下，目睹這般事實，心中想必難以置信。

「為何……承受那招還能毫髮無傷……？」

「因為你比我弱。」

「——胡說八道……！」

唾棄般嘶吼的同時朝我滑翔。近身突擊。阿迦里亞瑞普特急速靠近，用緩慢這字眼還遠遠無法形容的速度朝我揮拳。

我側身閃避的同時，抓住那條手臂。隨後往空中拋出。

「你這傢伙……！」

阿迦里亞瑞普特嘗試重整架勢，但在那之前我已經蹬地起飛，身後拖著一串狼煙般的煙塵，使勁一拳毆打那傢伙的腹部。

「咕噗……嘔……！」

緊接著，提腿踹向側腹，將阿迦里亞瑞普特踢向更高空。

發揮翅膀的機動力繼續追擊，再度以單手扣住已經氣若游絲的阿迦里亞瑞普特的頸子。

在這片無處可逃的寬敞天空中，我只與那傢伙彼此相對般存在。

「號稱覺醒狀態的極星一三將軍，沒想到就這種水準？」
「你這種傢伙……為何會繼承那血脈……！」
血脈。
誰的血脈。
大概是王的血吧。
我也是在此時第一次得知這件事。
至於我為何會繼承那血脈——
「這種事……」
誰也不會為我解釋的問題——
「……我才最想問。」
所以——
「不要擋我的路。我會殲滅惡魔，在那盡頭認識我自己。」
目睹那被我高舉，痛苦掙扎的身影，我將力量注入緊勒著那傢伙頸部的單手。
「最後有什麼想說的？哎……就算有也別說，直接死吧。」
對惡魔沒有慈悲。
因為惡魔這種東西存在，禁忌之子才會誕生。
因為惡魔這種東西存在，禁忌之子才會遭到凌虐。

不准繼續增加不幸的孩子。只懂播種卻不負責的傢伙——！

「你們這些傢伙——惡魔全都……」

我體內教人憎恨的血脈——

「——都不該存在這個世界上……！」

我鬆開緊勒的手，讓阿迦里亞瑞普特暫且自由。霎那間的安寧。在那傢伙的表情自痛苦而稍微緩和的瞬間，我展開魔法陣。

人類無法施展魔法。

但我不是人類。

至少現在——只和惡魔同等。

既然如此，利用這力量有什麼不對？

「——給我死吧！」

展開的魔法陣釋出龐大的直線光條。那貫穿了阿迦里亞瑞普特的身軀後，仍然不斷延伸，一路衝往大氣的彼端。

「啊……嘎啊……就算消滅余，惡魔也不會消失……永遠不會。」

「隨便你說！」

提昇魔法的輸出，對阿迦里亞瑞普特給予致命一擊。數道波紋以光條為中心漾開，那將那傢伙的身軀在瞬間——澈底炸飛。

連塵埃都不剩，完全的勝利。

不費吹灰之力的戰鬥驟然結束的同時，異樣強烈的疲勞感撲向我。這大概是惡魔化造成的害處。我墮落為自身也憎恨的存在。就算真是這樣，為了殲滅惡魔，再怎麼墮落也無所謂。不管要墮落得多深，我也要把惡魔……

「────」

在這瞬間，黑霧籠罩意識，像是要吞沒我的意識。

「咕……嘎……嗚啊啊啊啊啊啊啊啊啊啊啊啊啊啊啊啊啊啊啊啊啊啊啊啊啊啊啊啊啊啊啊啊啊啊啊啊啊！」

自我逐漸喪失。道德漸次淪陷。無法抵抗。無法對抗。

惡魔化。墮落的代價。

壓倒性的力量，終究不可能毫無風險地任我使用吧。

「啊啊……」

失去自由。身體明明是自己的，卻像是被別人操縱般逕自動作。

維持惡魔化狀態的身體降落到地面上，視線聚焦在儀式魔法陣的中心。

伽列夏諾全身癱軟，倒在該處。大概是因為阿迦里亞瑞普特消滅，使得身為主要附身對象的伽列夏諾毫髮無傷地被解放了吧。

對著一動也不動的伽列夏諾，我的身體自作主張前進。

——殺了他。

這股意志明確地在心中浮現。沒錯，殺了他。因為這傢伙害教官差點被殺。差點喪命。所以要宰了他。讓教官遭遇危險，給我付出代價。對吧，伽列夏諾，老是來礙我的事。只要沒有你在，教官就不會遭遇到這種危險了！

——我被吞沒了。危險的思考環繞著我。

所以我一點也沒想要抗拒殺害伽列夏諾的動作。反倒是主動展開了魔法陣——

「停下來……」

——就在這時。

「不可以……唯獨殺害同族的人類，絕對不可以……」

是教官的聲音。

教官拖著遍體鱗傷的軀體站起身，緩緩走向我。從後方將我緊緊擁入懷中。

「小提……不是那樣的孩子，對吧……？」

「我……」

光明與黑暗在腦海中激鬥。感覺到教官的熱量。來自背後的擁抱，為光明注入力量。

沒錯……我就算墮落為惡魔之身，要殺的還是只有惡魔。只有這個選項。若非如此，只會糟蹋我過去的人生而已！

「——我……只殺……惡魔……！」

恢復自我意識，身體也重回自由。關閉展開中的魔法陣，我捨棄了對伽列夏諾的殺意。下一個瞬間，我明白活性化的力量開始從身體流失。數量龐大的翅膀也跟著脫落，我肯定再也無法喚醒那份力量吧。

惡魔化解除。凋落的翅膀。

——六六六片翅膀。阿迦里亞瑞普特暗指那來自王的血脈。

換言之，我該不會是……

不，那不重要。現在只需要……為打倒阿迦里亞瑞普特，為打倒自身的黑暗而欣喜吧。

「小提……做得很好……你真的戰勝了……」

擁抱著我的背，教官慰勞般如此稱讚我。

但是，現在最需要關懷的其實是妳吧。

「教官，現在請先休息。」

我讓教官平躺在草原的地面上。為她的傷勢做應急處理。在我照顧教官的時候，教官落入睡夢中。

就在這時——

「嗚……」

伽列夏諾呻吟著，睜開雙眼。雖然我盡可能保持冷靜對他開口，但按捺不住的憤怒還是自話語中滲出。

「你醒了啊……賣魂賊。」

「提爾……」

伽列夏諾嘶啞地呢喃，虛弱地撐起上半身。

我離開教官身旁，一把拎起伽列夏諾的領子。

「你……真的明白自己幹了什麼好事嗎？」

「我……」

「——你害教官受傷了！為什麼要做這種事？給我回答，伽列夏諾！為什麼是你來當阿迦里亞瑞普特的附身對象！是哪個惡魔從中牽線！你把靈魂賣給哪個惡魔了？」

「……是人類。」

「什麼……？」

「我……是受到人的指引……那個人說，我有成為附身對象的資質……」

「你在說什麼——」

——不，仔細一想我也曾經聽聞……有一群人與惡魔互相串通，那群人會將他們選上的附身對象變為惡魔，使之襲擊城鎮。

那種事我原本以為只是道聽塗說，難道真的存在嗎……？

前幾天伽列夏諾消失在小巷中，當時我也見到穿著黑袍的人影——

該不會就在那時，雙方在我沒注意到的陰暗處搭上線……

（……當時我應該調查得更仔細一點嗎……）

在我心頭湧現後悔的同時，伽列夏諾孱弱地唾棄道。

「被人利用又失敗，我真是沒用啊……不過啊，我就只是……想贏過你而已……在學校，永遠都是第二名……畢業之後，你還是永遠走在我前面……從來等不到超越你的機會……上一次，和你在孤兒院一對一決鬥，同樣丟光了臉……就在那時候，那些傢伙們來告訴我，只要這麼做，我的心願一定能實現……雖然到頭來還是沒實現……」

「哦，是這樣喔……你活該。我只有這句話要說。」

我唾棄般說完，鬆手放開伽列夏諾的領子。

「無論原因如何，你之後十之八九會被扔進協會的牢房。雖然不知道後來會給你什麼處分，雖然並非長期，但曾經投靠惡魔一方的罪行深重。就算最後沒判死刑，也會判處相當嚴厲的懲罰，你就做好心理準備吧。」

伽列夏諾垂著頭。已經失去了囂張跋扈的氣力，也明白自己犯下多大的罪行，大概會就此乖乖認罪吧。

痛改前非之後再回來吧，這種好聽話我一點也不想對他說。我討厭這傢伙。我反而期望他再也不要出現在我眼前，話雖如此，如果這傢伙真心反省過錯並且償還罪孽，洗心革面回到葬擊士的崗位上，我雖然絕對不會歡迎，但也不會排斥吧。唯獨這一點我敢確定。

不久後，逃跑的南部分局人員帶著支援兵力回到此處，發現現場的情況已經收場而大吃一驚，引發了一小陣騷動——

但不管怎樣，阿迦里亞瑞普特的重生是稍微出錯就可能對人類造成莫大損害的重大事件，現在已經平安落幕。雖然新的謎題也隨之浮現，但是關於這次事件，我覺得這樣就該滿足了吧。

終章　關係延續

「提爾‧弗德奧特，這次的功績再次教人嘆服。」

數天後的下午，我被傳喚到皇室的城堡。被命名為重生之亂的本次騷動中，我被視作結束事件的主要功臣，再度受到表彰。

與上次在晚會會場舉辦的表彰典禮不同，場地並非在大廳而是皇帝陛下鎮坐的謁見廳。艾拉巴斯陛下坐在房間最裡側的豪奢椅子上，而我則是跪在一路延伸到謁見廳入口處的紅地毯上。

「不過，你似乎尚未取回過去的力量？」

「是的……能擊倒重生的阿迦里亞瑞普特，最重要的還是與米亞教官的攜手作戰。光憑我的力量能否擊倒，實在很難說。」

面對陛下，我提出有違事實的報告。目前表面上被視作這樣。當然真相是惡魔化的我打倒了阿迦里亞瑞普特，但是教官建議我：因為不知道上級會怎麼看待這件事，惡魔化的問題還是隱瞞比較好，因此有關惡魔化的一切都是我和教官之間的祕密，向上頭報告略微扭曲的真相。

至於我，自從翅膀脫落之後，稱不上完全康復的狀態一直持續著。在那次戰鬥中雖然一度完全恢復了，但那回事彷彿不曾發生般，我身上的實力弱化依舊持續著。雖然原因不明，但我不認為與惡魔化無關。

當我這麼想著時，陛下像是關懷我般垂下眼。

「話雖如此，與塞繆爾攜手作戰到最後，是由你給予致命一擊吧？既然如此你大可為此自豪。你有權利收下這個。」

艾拉巴斯陛下如此說完，便從豪華的椅子站起身，走向我。隨侍他身旁的男人遞出了放在托盤上的勳章，陛下先把勳章拿到手中，說道：

「那麼在此授勳。提爾．弗德奧特，起身。」

「是！」

我站起身，與皇帝陛下面對面。隨後我不經意地看向陛下手中勳章的勛表——大吃一驚。

「陛下，這該不會是……」

「正如你所見。本次將對你頒贈蒼天樹褒章。」

蒼天樹褒章——那是人稱艾斯提爾德帝國最高榮譽的最頂級勳章。

「……真的好嗎？」

「當然。你這次的活躍值得收下這枚勳章。當然你過去的功績也全都列入考量。」

「雖然陛下這麼說……」

儘管我實在是不敢當，但若拒絕這枚勳章，相當於最嚴重的失禮。

我順從地站在原處，讓艾拉巴斯陛下將蒼天樹褒章的勛表別在我的胸口處。

「這樣就可以了吧——日後，希望你不捨棄希望，繼續以重返戰場為目標繼續努力。並且有朝一日必當殲滅惡魔，明白嗎？」

「是，陛下。」

於是，在謁見廳的表彰就此結束。

之後，我在走出城堡的同時被報社的人團團包圍，被迫接受許多採訪。從他們的包圍中重獲自由時，天色已經完全暗了。我拖著有些疲憊的身體前往米亞教官家。

我現在仍然在教官家生活。理由在於既然尚未取回過往的實力，教官自然也不可能放我一個人。而我自己也覺得在該處生活沒什麼不好，因此就恭敬不如從命。

「啊，小提，歡迎回來。」

抵達教官家後，身穿便服的教官前來迎接我。

考慮到前些日子的傷勢，這幾天教官沒有外出工作，正在家療養。話雖如此，她很有精神。

「小提回來得好像有點晚？」

「老實說……我被記者包圍了。」

「哎呀，真是辛苦了。」

同情似的說完，教官凝視我的正式禮服的胸口。

「話說小提……那個該不會是，蒼天樹褒章？」

「嗯，陛下說加上過去的實績，今天將這個授予我。」

「哇！小提真的好厲害！這個年紀就獲頒蒼天樹褒章，堪稱壯舉喔！」

教官喜形於色像是與有榮焉。這種個性我真的很喜歡。

「恭喜你，小提！來來來，快進家門吧。」

教官這麼說完，我與她一同走向客廳。

這時，我發現客廳似乎經過裝飾，桌上準備了一頓大餐。

「嗯？這些是怎麼回事？」

「哼哼。其實啊，因為小提要接受表彰，為了慶祝這件事我稍微裝飾了一下。同時也是為了紀念再度討伐阿迦里亞瑞普特。老實說，如果能一併紀念小提完全康復，那當然是再好不過了。」

那句話顯得有些哀傷。正因為目睹了一度完全恢復的我，教官才會顯得有幾分憂傷吧。對教官而言我與她非親非故，但是她恐怕比我更在乎我的身體健康。

對那份關懷心生感謝的同時，我坐到桌旁的椅子上。

「料理是教官自己做的？」

「怎麼可能。只是買現成的回來。」

教官有些害臊地回答後，坐到我的對面。

「那麼，我們開始這場小小的表彰紀念派對吧？」

教官將柑橘系的果汁注入我和她自己的玻璃杯中。

「來，乾杯吧？」

教官手拿玻璃杯，我也同樣。隨後兩個玻璃杯在清響聲中相觸，小小的表彰紀念派對就此開始。

我和教官想用平凡無奇的日常話題炒熱氣氛，但總是在途中受挫。

看來我並未恢復原狀的事實終究難以甩開。

我是如此，教官恐怕也一樣吧。

更重要的是，我尚未恢復原狀，同時也代表了我們的關係無法比現在更進一步。

——在我取回一切之時，推動彼此之間的關係往下一步進展。

雖然我們並未以言語明確地約定，但是我和教官應該在那次約會結束時得到了這樣的共識。

正因如此，現在無法更進一步。

只能嘗試維持現狀。

目前別無他法。

不過，我覺得我應該將現在的心情，再次向她鄭重表明。也許這只會讓她為難，但我實在無法就這麼將心意默默藏進心底……——

「——教官……」

我停下用餐的手，直視教官的雙眼。

「怎麼了？小提有事嗎？」

「我喜歡教官。」

「……！」

像是因為突如其來的告白而驚慌，教官頓時滿臉通紅，撇開目光。

「怎……怎麼了啦……未免也太突兀了……」

「不好意思，但我想把話先說清楚……而且也想搞懂……教官是怎麼想的？」

「……咦？」

「教官對我有什麼想法……我好像從來沒有聽妳說過。」

在約會時似乎一時說溜嘴透露了對我的好感，但那指的到底是對一位異性，還是對自己的學生，這方面仍然曖昧不明。

況且，等我恢復原狀後就讓關係更進一步，把這件事視作「成為戀人關係」真的正確嗎？

有太多問題都還不清楚。

「所以說，如果教官願意的話，可以告訴我教官的心情嗎？」

「這……」

教官依舊紅著臉不看向我，沉默了好半晌。對教官而言，大概還是想在我完全恢復之時，正式表明自己的心意吧？

如果真是這樣，我也想尊重教官的想法，因此我想告訴她「現在還用不著勉強自己回應我」，但是——

「那個，小提。」

恰巧就在此時，教官將臉龐緩緩轉回正面，注視著我。

臉龐依舊染滿紅暈。

「只有一件很確定的事，我現在就可以告訴你。」

「……嗯。」

聽她正色說道，緊張突然湧現。萬一是不好的報告該怎麼辦？如果是令人欣喜的報告，那同樣教人不知如何是好。

在冷靜漸漸流失時，教官接著開口——

「小提，我對你——」

——叩叩叩。

突如其來的敲門聲響起。訪客正敲響玄關大門。

教官的話在途中被打斷，我愣在原處時玄關傳來了開門聲。

「……呃？」

緊接著匆忙的腳步聲自走廊直逼而來。

不久後，出現在這間客廳的不速之客是——

「一～二～……提爾，恭喜你得到勳章！——呃，為什麼妳沒有一起講！」

「因為要配合夏洛涅感覺很噁心。」

「妳……妳這個人喔……！我自己一個人拉響炮，不就好像笨蛋一樣嗎！」

現身時已經稍嫌興奮過度的夏洛涅，以及擺著冷漠表情盯著她的艾爾莎，兩人就這麼現身——等等，現在不是冷靜看著她們的時候……！

「喂，妳們兩個……為什麼專挑這個時候來啊……！」

我很久沒有像這樣差點發飆了。挑這時間造訪太誇張了。實在太扯了。拜她們兩個所賜，我沒辦法得知教官要說的話，而且教官的反應擺明像是鬆了口氣。那表情就像「太好了，這下不用說了」！

可惡！教官原本想說什麼，我非常在意。為什麼說出口的機會消失讓教官覺得輕鬆？到底是為什麼啊，教官！是因為不用開口傷害我，讓教官鬆了口氣？如果真是這樣，教官原本其實想坦承她對我沒有男女間的好感嗎？

我的情緒在晴天霹靂中倏地墜入谷底，另一方面教官似乎恢復了平常狀態，對夏洛涅和艾爾莎開口說道：

「小夏還有艾爾莎，妳們兩個來的正好。沒事先約定就突然跑來雖然讓我嚇了一跳，但是時間非常剛好。」

「那個，米亞姊……提爾看起來好像快死了耶？」

「我要撫慰提爾才行。」

艾爾莎這麼說著，伸手屢次撫著我的頭。可惡……感覺會喜歡上艾爾莎。

「雖然搞不太懂狀況，但是不能讓艾爾莎超前！我也要！」

這麼說完，連夏洛涅也一起開始摸著我的頭，雖然無所謂，但我的頭摸了也不會有任何靈驗之處，希望妳們適可而止。這樣下去我絕對遲早會禿頭。

「……小提，抱歉喔。不過之後我會說清楚的，現在還不行……好嗎？」

因為教官這麼向我道歉，這次應該就到此為止了吧。哎，真沒辦法……再說現在這氣氛也沒辦法再繼續追問下去。

於是，在這之後我們加上夏洛涅與艾爾莎，繼續享用晚餐。

晚餐過程中，教官突然問我：

「啊，對了，小提你啊……」

「怎麼了？」

「接下來有什麼想做的事嗎？因為經歷了這次的難關，正好有告一段落的感覺，也許該說是日後的目標吧？」

「日後的目標？最重要的當然是保護教官。」

「我雖然高興，但千萬不要再拚上性命保護我嘍。」

「這我知道啦。」

話雖如此，要是有個萬一，我大概還是會拚上性命吧。當然我只會拚上性命，不打算捨棄性命。還是會為了最終能夠存活而用盡全力。

「然後，排在保護教官之後，我最想做的就是我一直掛在嘴邊的殲滅惡魔。不斷驅逐惡魔直到最後，如果能得知我自身的起源那就無從挑剔了。」

惡魔的頂點——大魔王路西法。我有可能繼承了那傢伙的血脈。包含這是否為真相在內，我想更加了解自己。

「我對真正的自己還一無所知。現在的我全都是人類這方給予我的假面具。所以如果有朝一日能更加認識真正的我，那樣就太好了。」

「原來是這樣。」

教官點頭後，露出和緩的輕鬆表情打量著我。

「既然小提想要這麼做，我也會為此聲援。但是對你剛才那句話，我有點小意見——現在的小提不是什麼假面具。現在的小提同樣是貨真價實的。知道嗎？」

「……教官……教官說得對，謝謝教官。」

這個人……總是那麼溫柔，又懂得體貼，我重新體認到她是最棒的女性。

「提爾，我也一樣覺得現在的提爾是貨真價實的喔。」

「意見同右。」

同時我也想感謝夏洛涅與艾爾莎。無需贅言，妳們都是最棒的夥伴。

在這樣受到上蒼眷顧的環境中，我決定今晚縱情沉浸於娛樂中。

僅僅一晚，應該不至於遭到天譴吧。

※

——幾個小時候，小小的派對告終，夏洛涅與艾爾莎都回去之後，家中異樣安靜。

因為小提也睡著了，更顯得寧靜。

「小提……剛才真是對不起。」

我對著坐在沙發上熟睡的小提，如此說道

因為小夏和艾爾莎途中亂入，該傳達的話最後沒有傳達。

而且我還因此不由得覺得放心。

我還是不擅長吐露自己的真心話。

用不著說出口，讓我鬆了口氣。

我覺得對小提實在過意不去。

但是，有朝一日在小提恢復原狀時，我一定會清楚說出口——

「所以在那之前……雖然得讓你忍耐下去，你一定要等我喔？我會為了讓你完全復職而盡心協助，也會負責養你，讓我們一起努力下去吧？」

我悄悄靠近小提的睡臉——在那嘴唇上輕輕一吻。

雖然丟臉，但這其實是我這個二十六歲單身女性——米亞·塞繆爾人生中第一個吻。

——總有一天，你必須負起責任喔？

後記

其實——原本是未亡人。

這話也許讓人納悶，我指的是女主角的初期設定。

不過在輕小說把女主角寫成未亡人可能太超過了吧？於是我打消了主意，在撰寫投稿新人賞的原稿時，這個設定就自然消失了。

如果本作的女主角還是未亡人，這部作品究竟能否得到新人賞呢……我有點好奇。

所以說，初次見面請多指教。我名叫神里大和。不知何種原因，我不理會當下的流行要素等等，盡可能塞進了自身喜好，出於自己之手，只為取悅自己的故事奪得了新人賞。一面調查流行的興廢一面寫作，這段吃了點苦頭的投稿生活究竟有什麼意義？我不禁想這麼喊叫。

話雖如此，雖然神里自認完全忽視了流行要素，但不知怎地，是不是悄悄湧現了年長女主角的熱潮？去年的輕小說市場上就出現了數本這類作品，在某週刊少年漫畫雜誌連載中的愛情喜劇中，好像也有老師角色奪得了讀者投票的第一名吧？當時正好也有老

師為主題的動畫。

神里在出道前撰寫這作品時，尚無年長女主角風潮開始興盛的徵兆，對於這樣的現況非常吃驚。就各種意義上來說，希望這樣的風潮能為了神里繼續持續下去啊。

再次重複，這部作品在投稿新人賞的當下，完全忽視流行與否，只是將自己的喜好統統塞進去而已。而且就連劇情大綱都沒寫，完全隨著自己的興致動筆而完成了原稿，因此接到通知得獎的電話時，我還記得我第一個湧現的想法是「讓這部作品得獎真的好嗎？」，當然我也為此感到喜悅，也欣然接受了得獎這樣的結果。

但就如同上述，由於原稿完全是憑著一股勁寫成，在得獎後名為修稿，實為全面改造的工程等著我，當然這部分也很快樂……但也非常累人。

如果讀著這篇後記的讀者中也有人立志成為作家，請容我在此提出建議，投稿時最好不要用半吊子的完成度投稿，因為得獎後會非常辛苦。這種事簡直是廢話，算不上建議——這樣的反駁我也虛心接納。

但是多虧經過全面改造，不只原稿的水準昇級，神里也覺得自己有所成長，我現在覺得那樣的重整作業是不錯的經驗。

寫到這裡，該獻上謝意了。

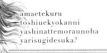

責任編輯，真的非常感謝您陪伴這麼多次修稿。日後我會努力減少需要修正的量。

小林ちさと老師。十分感謝您在百忙之中，從另一個角度為本作注入生命。美妙的諸多設計令我都不禁看呆了。非常感謝您為本書設計這些可愛的角色。我身為老師的一位粉絲，期待您日後更多的活躍。

此外，在此對Fantasia大獎評審的三位評審委員以及編輯部的各位等，與拙作的評分和出版有關的所有人士，獻上最大的感謝。

那麼，希望與各位讀者還有機會再度相遇，本次的後記就寫到這邊。

神里大和

國家圖書館出版品預行編目(CIP)資料

讓愛撒嬌的大姊姊教官養我,是不是太超過了? / 神里大和作 ; 陳士晉譯. -- 初版. -- 臺北市 : 臺灣角川, 2020.03-
冊 ; 公分. -- (Kadokawa fantastic novels)
譯自 : 甘えてくる年上教官に養ってもらうのはやり過ぎですか?
ISBN 978-957-743-637-5(第1冊 : 平裝)

861.57 109000728

Kadokawa Fantastic Novels

讓愛撒嬌的大姊姊教官養我，是不是太超過了？ 1

（原著名：甘えてくる年上教官に養ってもらうのはやり過ぎですか？）

2020年3月9日 初版第1刷發行

作者：神里大和
插畫：小林ちさと
譯者：陳士晉

發行人：岩崎剛人
總經理：楊淑媄
資深總監：許嘉鴻
總編輯：蔡佩芬
編輯：陳書萍
美術設計：胡芳銘
印務：李明修（主任）、張加恩（主任）、張凱棋

發行所：台灣角川股份有限公司
地址：105台北市光復北路11巷44號5樓
電話：（02）2747-2433
傳真：（02）2747-2558
網址：http://www.kadokawa.com.tw
劃撥帳戶：台灣角川股份有限公司
劃撥帳號：19487412
法律顧問：有澤法律事務所
製版：巨茂科技印刷有限公司
ISBN：978-957-743-637-5
